Unter der Willkür der Macht

Paul Kaißling

Unter der Willkür der Macht

Erlebnisse eines Zeitzeugen

von 1930 bis 1953

Bibliografische Information der Deutschen Bibliothek:
Die Deutsche Bibliothek verzeichnet diese Publikation in der Deutschen
Nationalbibliografie; detaillierte Informationen sind im Internet über
<http://dnb.ddb.de> abrufbar.

© 2006 Paul Kaißling
Herstellung und Verlag: Books on Demand GmbH, Norderstedt
ISBN 3-8334-4244-1

Inhalt

Vorwort

Mein Vater war von Beruf Kraftfahrzeugmechaniker und stammt aus einer Handwerkerfamilie. Die Mutter kommt aus einer Bauernfamilie und hatte keinen Beruf erlernt. Zur damaligen Zeit war es üblich, dass Mädchen bis zu ihrer Heirat im elterlichen Betrieb mithelfen oder bei sogenannten Herrschaften in Diensten stehen. Meine Mutter war Kriegerwitwe aus dem Ersten Weltkrieg und hatte bereits drei Kinder aus dieser Ehe. Diese Kriegerwitwe heiratete mein Vater 1919.

Geboren bin ich in Stuttgart am 16. Dezember 1919 und war das vierte von fünf Kindern. Um die Familie zu ernähren, war es notwendig, dass meine beiden Eltern arbeiten mussten. Ich war also nicht auf Rosen gebettet.

Es gibt sicherlich viele Berichte über die Zeit von 1918 bis 1939 und auch über den Krieg von 1939 bis 1945. Im eigentlichen Sinn geht es mir nicht um heldenhafte Kriegsereignisse, sondern mehr um die Willkür der Menschen, die aufgrund ihrer Stellung Macht über andere Menschen bekommen haben, und wie viel Not und Elend durch Kriegsereignisse der einzelne Mensch manchmal zu erleiden hat. Ich bin auch der Überzeugung, dass sich dies bis heute in unserer Gesellschaft nicht geändert hat. Ich behaupte sogar, dass sich die Willkür in unserer globalen Welt ausgebreitet hat. Mein Anliegen ist es, aufzuzeigen, dass der Umgang in den menschlichen Beziehungen untereinander sich ändern sollte. Eine der vornehmsten Aufgaben wäre dies für die Kirchen, Religionen und Parteien. Zurzeit erleben wir die schrecklichsten Beschimpfungen im Wahlkampf 2005 zwischen den Parteien. Diffamierungen von Spitzenpolitikern über ganze Bevölkerungsgruppen sind schlecht zu ertragen. Menschenwürde, Recht und Gerechtigkeit sind die vornehmsten Ziele unserer Gesellschaft.

Meine Familie

Der Verdienst beider Eltern war für sieben Personen nicht üppig und reichte gerade für Kleidung, Miete und Essen, wobei sehr gespart werden musste. Urlaub, Konzert- oder Theaterbesuche konnte man sich nicht leisten. Traurige Ereignisse stellten sich in der Familie ein. Der älteste Stiefbruder Wilhelm starb mit vier Jahren an Leukämie, mein zwei Jahre jüngerer Bruder Hans erstickte als Kleinkind im Bett. Noch schlimmer war der tödliche Unfall meiner zwölfjährigen Stiefschwester Charlotte 1928 mit dem Fahrrad. Meine Mutter war ob diesem Unfall untröstlich. Ich glaube, dass meine Mutter diesen Tod nie ganz verkraftet hat, denn über lange Zeit mussten wir mit ihr Sonntag für Sonntag zu Fuß zum Friedhof gehen. Die einfache Wegstrecke dauerte ungefähr eine Stunde, als Lohn gab es dafür auf dem Rückweg ein Eis. Der Vater hat meinem Stiefbruder Otto und mir deshalb das Radfahren streng verboten. Lange wusste ich nicht, dass mein Bruder Otto und ich Stiefgeschwister sind, da in der Behandlung durch den Vater kein Unterschied festzustellen war.

Meine Kindheit

Da die Mutter arbeiten musste, wurde ich als Kleinkind um sieben Uhr in die Krippe gebracht und am Abend um achtzehn Uhr wieder abgeholt. Ausnahmsweise durfte ich dort bleiben bis kurz vor meiner Einschulung. Ich war sehr wahrscheinlich ein zartes Baby. Aus eigener Erinnerung und eigenem Erleben ist es mir nicht möglich, über diese Zeit zu berichten. Im Frühjahr 1926 kam ich jedoch mit sechs Jahren in die Volksschule, heute Grundschule. Nach vier Jahren gab es die Möglichkeit in eine höhere Schule zu wechseln. Die höhere Schule war allerdings mit erheblichen Kosten verbunden, Schulgeld, Bücher, Hefte und Schreibmaterial mussten aus eigener Tasche bezahlt werden. Obwohl der Lehrer empfohlen hatte, dass ich in eine höhere Schule wechseln sollte, konnte ich dies aus finanziellen Gründen nicht. Meine Eltern hatten dafür kein Geld. Also blieb ich in der Volksschule. Vielen meiner Schulkameraden ging es ebenso. Die Volkschule dauerte acht Jahre.

1919 – 1933

Von 1919 bis 1930 ist es mir nicht möglich, aus eigener Erinnerung etwas über die Zeit zu berichten. Ab der Zeit von 1930 bis zu Hitlers Machtübernahme 1933 habe ich eigene Erinnerungen. Zwischen der Landbevölkerung und der Stadtbevölkerung gab es sicherlich unterschiedliche Lebensverhältnisse. Die bäuerlichen Kleinbetriebe hatten weniger Ernährungsprobleme als die städtischen Industriearbeiter. Zunächst ist festzustellen, dass Deutschland den Ersten Weltkrieg 1914 – 1918 verloren hatte. Im Rheinland durfte Deutschland bis auf Weiteres keine Soldaten stationieren. An die Siegermächte musste Deutschland Reparationszahlungen leisten.

Eine Weltwirtschaftskrise brach nach dem Ersten Weltkrieg aus. Außerdem durfte Deutschland nur ein Berufsheer von 100 000 Mann unterhalten. In dieser Zeit gab es viele Parteien und Gruppierungen. Die SPD, KPD, das Zentrum, eine christliche Partei, NSDAP, den Stahlhelm, eine nationale Partei und noch andere. Eine Sperrklausel, dass eine Partei nur ins Parlament kommt, wenn sie fünf Prozent der abgegebenen Stimmen erhält, gab es noch nicht. Die parlamentarische Zersplitterung war groß. Bei Abstimmungen über Gesetze gab es immer unterschiedliche Mehrheiten. Der Staat hatte keine Steuereinnahmen, deshalb wurden Notverordnungen für Beamte erlassen, Gehaltskürzungen. Die Arbeitslosigkeit wurde immer größer. Auch mein Vater war 1930 arbeitslos. Junge Leute, die zwar eine Ausbildung hatten, wurden nach ihrer Ausbildung in die Arbeitslosigkeit entlassen. Ich erinnere mich noch genau, wie diese jungen Leute in kleinen Gruppen an den Straßenecken herumstanden, weil sie nichts zu tun hatten. Niemand wusste, wie es weitergehen sollte. Das Arbeitslosengeld war sicher nicht hoch. Ein Vetter von mir ging nach seiner Lehre als Kraftfahrzeugmechaniker freiwillig in eine von Daimler Benz eingerichtete Werkstätte, welche Segelflugzeuge baute, arbeitete dort mit und erhielt dafür ein Mittagessen, aber keinen Lohn. Er tat dies, weil er nicht auf der Straße herumstehen wollte und um seiner Mutter nicht zur Last zu fallen. Die Kriminalität, wie Diebstahl, Bankraub, Mord und Betrug, war groß. Bettler gab es sehr viele. Der Industriearbeiter hatte wenig Rechte und konnte leicht in einer Firma entlassen werden. Einen Kündigungsschutz gab es nicht. Zur damaligen Zeit formierten und entwickelten sich die Gewerkschaften als Vertretung der Arbeitnehmer. Gegen viele Maßnahmen der Regierung wurde demonstriert. Bei politischen Veranstaltungen gab es Saalschlachten zwischen den Gegnern. Das einfache Volk war in großer Not. Die NSDAP hatte großen Zulauf. Hitler versprach dem Volk, die Arbeitslosigkeit zu beseitigen. So kam es, dass bei den Wahlen im Januar 1933 die NSDAP die meisten Stimmen im Parlament erhielt. Der Reichspräsident Hindenburg ernannte Hitler zum Reichskanzler.

Die einfache Familie

Die abhängige Familie, also eine Familie, in der ich auf-gewachsen bin, konnte sich nicht viel leisten. Der Verdienst meiner Eltern reichte gerade für die Wohnungsmiete, das Essen und bescheidene Kleidung. In diesen unteren Schichten konnte sich niemand eine Urlaubsreise leisten. Die Wohnungen waren dürftig ausgestattet. Es gab kein Bad, sondern nur eine Wasser-stelle in der Wohnung, und ein Zimmer konnte mit Holz und Kohlen geheizt werden. Die Schlafzimmer waren nicht heizbar. Im Winter brauchte man eine mit heißem Wasser gefüllte Bett-flasche. Man hatte keinen Kühlschrank, keine Gefriertruhe, keine Waschmaschine, keine Spülmaschine, keinen Backherd, kein Radio, und es gab noch kein Fernsehen. Am Wochenende ging man in die Badeanstalt zu einem Wannenbad oder, sofern man früh das Schwimmen lernte, ging es ins Schwimmbad zum Duschen und Schwimmen. Froh war man, wenn man für den Winter genügend Kartoffeln, Holz und Kohlen einlagern konnte. Frisches Obst konnte man sich selten leisten. Mein Bruder und ich, wir stritten uns oft, wenn es darum ging, die Wohnungsmiete an den Hausbesitzer zu zahlen, denn dieser hatte noch ein Grundstück mit Äpfeln und Birnen, und beim Zahlen der Miete bekam man immer etwas davon. Oft bekam man auch ein Glas Marmelade.

Nachdem ich in der Volksschule keine Probleme hatte, konnte ich einer Freizeitbeschäftigung nachgehen. Also ging ich auf die Tennisplätze als Balljunge, um bei den besser gestellten Leuten, die sich das Tennisspielen leisten konnten, Bälle auf-zulesen. Ich verdiente eigenes Geld. Der Konfirmationsanzug meines Bruders wurde 1932 in einem jüdischen Geschäft auf Ratenzahlung gekauft.

Die Jugendzeit 1933 – 1939

Wie schon erwähnt, wurde im Januar 1933 Adolf Hitler zum Reichskanzler ernannt. Ich war dreizehn Jahre alt. Hitler begann sofort, alle seine Parteigegner auszuschalten. Verdächtige Parteigegner wurden verhört, inhaftiert oder zeitweise in ein Lager gebracht. Im Herbst 1933 wurde ich am Nachmittag von der Schule geholt. Mein Vater war von der Geheimen Staatspolizei am Arbeitsplatz im Arbeitsanzug verhaftet worden unter dem Verdacht des Widerstands gegen Hitler. Ich musste die Wohnung aufschließen. Es fand eine Hausdurchsuchung statt, gefunden wurden keine verdächtigen Schriften. Mein Vater war drei Tage in Haft. Über diese Tage hat mein Vater nie etwas erzählt. Für mich war dies ein Schlüsselerlebnis. 1937 und während des Krieges wurde mein Vater noch einmal einige Tage inhaftiert, man konnte ihm aber nie etwas nachweisen.

In kürzester Zeit hatte Hitler über die Ortsgruppen eine Überwachungsorganisation aufgebaut, Blockwarte wurden eingesetzt. Stuttgart-Ost war vor 1933 bekannt als der rote Osten. In unserer Gegend sind immer wieder Personen inhaftiert worden und manche dieser Personen hat man nie wiedergesehen. Im engen Familienkreis herrschte der Spruch: »Halt deinen Mund, sonst kommst auf den Heuberg.« Im Bekanntenkreis meines Vaters herrschten Angst und Schrecken. Diese Angst wurde auf uns Kinder automatisch übertragen. Hitler begann sofort mit der Planung und dem Bau der Autobahnen in ganz Deutschland, dadurch wurde ein großer Teil der Arbeitslosigkeit beseitigt. Beim Bau der Autobahnen wurde viel Handarbeit geleistet. Ein freiwilliger Arbeitsdienst für Männer wurde eingeführt. Viele junge Männer meldeten sich, um endlich von der Straße wegzukommen. In ganz Deutschland wurden Barackenlager für den Arbeitsdienst aufgebaut und

Uniformen für diese Männer genäht. Bald wurde ein Pflicht-arbeitsdienst für junge Männer und Frauen eingeführt und aus dem Berufsheer wurde 1935 die Wehrpflicht für alle wehrfä-higen jungen Männer. Wehrdienstverweigerung gab es nicht. Hitler besetzte das Rheinland, Österreich und die Tschecho-slowakei widerrechtlich.

Meine achtjährige Volksschulzeit ging dem Ende entgegen. Am 16. Dezember 1933 wurde ich vierzehn Jahre alt. Die Berufswahl stand an. Die Zeugnisse der Volksschule waren recht gut. Ich bewarb mich als Kaufmanns-, Schriftsetzer-, Buchdruckerlehrling – vergebens, denn immer gab es Leute, die besser waren. Das Arbeitsamt brachte mich aufgrund meiner sehr guten mathematischen Kenntnisse auf den Beruf des Vermessungstechnikers. Die erste Vorstellung bei einem Vermessungsbüro endete abrupt. Der Chef des Büros kam in SS-Uniform zur Tür und fragte mich: »Bist du in der Hitlerju-gend?« Antwort: »Nein!« Damit war die Einstellung schon ab-gelehnt. Auch dies war ein zweites Schlüsselerlebnis. Es war ein glücklicher Zufall, dass mein Vater in dieser Zeit durch seinen Beruf den Chef eines anderen Vermessungsbüros kannte. Ich stellte mich dort vor und wurde eingestellt. Die Arbeitszeit be-trug einundfünfzig Stunden pro Woche, täglich von sieben bis zwölf, vierzehn bis achtzehn Uhr und samstags von sieben bis dreizehn Uhr. Geprägt durch diese Vorkommnisse lehnte ich die gesamte Organisation der NSDAP ab. Scharenweise traten meine Schulkameraden in die Hitlerjugend ein. Hitler verstand es, die Jugend für sich zu gewinnen. Im Alter von sechs bis zehn Jahren gehörte man zum Jungvolk und von zehn bis achtzehn Jahren zur Hitlerjugend. Geländespiele und Kameradschafts-abende wurden durchgeführt. Parallel zur Hitlerjugend gab es den BdM, Bund deutscher Mädchen, für die Mädchen bis zum achtzehnten Lebensjahr. Außer den Sport- und Gesangverei-nen gab es nur noch NS-Organisationen jeglicher Art.

Ich war Außenseiter. Ein Lehrer unserer Schule schrieb zum Abschluss unseres Schulabgangs ein Theaterstück über den Sieg des Nationalsozialismus und wir Schüler mussten es aufführen. Ich musste die Rolle eines Gegners spielen. Nach 1945 nahm sich dieser Lehrer das Leben. Die Arbeitersportvereine wurden verboten. Ich war jung und wollte etwas tun, trat in den Fußballverein ein und lernte gleichgesinnte Kameraden kennen. Wir tobten uns aus beim Fußballspielen.

Hitler wollte alles unter seine Herrschaft bekommen. 1936 durfte man in der Jugend ohne Hitlerjugendausweis nicht mehr Fußball spielen. Neun meiner Mitspieler waren nicht in der Hitlerjugend. Wir wollten miteinander weiterspielen und traten in die Hitlerjugend ein. Durch meine berufliche Tätigkeit war ich unter der Woche nicht zu erreichen, weil ich innerhalb des Landes viel unterwegs war. Am Sonntag war Fußballspielen angesagt und somit konnte ich auch da keinen Dienst in der Hitlerjugend tun. Wenn kein Spiel war, ging ich um sechs Uhr aus dem Haus, damit meine Eltern sagen konnten, dass ich nicht da sei. Uniform habe ich mir keine angeschafft. Mit Vollendung des achtzehnten Lebensjahres erklärte ich schriftlich meinen Austritt aus der Hitlerjugend. Während meiner Mitgliedschaft von einem Jahr war ich dreimal im Dienst.

Überall hat die NSDAP versucht, an ihre Gegner heranzukommen. In der Gewerbeschule wurde ich 1936 zusammen mit noch einem Schüler aufgefordert, einen Deutschaufsatz zu schreiben mit dem Thema »Warum bin ich nicht in der Hitlerjugend«. Ob solche Dinge vom Lehrer oder von der NSDAP angeordnet wurden, entzieht sich meiner Kenntnis. Es war gefährlich, negative Äußerungen über die NSDAP oder Hitler zu machen, denn überall musste man mit Spitzeldiensten rechnen. Der Christliche Verein Junger Männer »CVJM« wurde in die Hitlerjugend einverleibt. Pfarrer und Prediger aller Konfessionen beobachtete man in den Kirchen. Hitler bekam das Volk unter seine Kontrolle. Alle gegnerischen Parteien wurden verboten und politisch unerwünschte Beamte entlassen. Beamte und Behördenangestellte mussten einen arischen Nachweis erbringen.

Als der Reichspräsident Hindenburg 1934 starb, hat Hitler beide Funktionen, die des Reichspräsidenten und des Reichskanzlers, übernommen und war somit Alleinherrscher über Deutschland. Die wirtschaftlichen Verhältnisse wurden besser und die Arbeitslosigkeit geringer. Das Volk jubelte. Unser Hausarzt war ein Jude. Wir ließen uns nicht einschüchtern und gingen weiterhin zu ihm in Behandlung. 1939 wanderte unser Hausarzt nach Amerika aus. Das Eigentum jüdischer Mitbürger wurde vom Staat eingezogen. Bald wurden Juden geächtet. An allen jüdischen Geschäften wurden entsprechende Schilder über deren Herkunft angebracht. Es gab einen Aufruf, die jüdischen Geschäfte zu boykottieren. Rassenhass. Es ging so weit, dass jüdische Mitbürger an der Kleidung sichtbar den Judenstern tragen mussten. Die Nationalsozialisten zündeten im November 1938 jüdische Synagogen an, beschädigten jüdische Geschäfte und stellten Wachen vor diesen Geschäften auf. Die beiden Töchter unseres Hausarztes wurden von den Nazis bespuckt. Dies war der letzte Zeitpunkt für die Juden, um auszuwandern. Viele Juden taten dies auch, wer hier blieb, wurde ohne Vorwarnung verhaftet und in Konzentrationslager gebracht. Reichspogromnacht. In welchem Jahr Hitler in Stuttgart war, weiß ich nicht mehr, aber das Volk jubelte ihm zu. Die Leute standen massenhaft an den Straßen. Ich jubelte nicht mit und war sehr verdächtig. 1938 und 1939 war ich beruflich viele Monate in der Pfalz bei Bergzabern zu Geländeaufnahmen unterwegs und konnte deshalb von der NSDAP zu Hause nicht erreicht werden. Diesem Umstand verdanke ich es, dass ich ungeschoren von der Partei davonkam.

Der Reichsarbeitsdienst

Am 1. April 1939 wurde ich nach Freistett, fünfzehn Kilometer nördlich von Kehl im Rheinland, zum Reichsarbeitsdienst eingezogen. Somit war ich für Ortsgruppenleiter und Blockwarte im Heimatgebiet uninteressant. Bei freier Verpflegung, Unterkunft und Uniform erhielten wir pro Tag eine Löhnung von 0,25 Reichsmark und wurden zu gemeinnütziger Arbeit eingesetzt. Wir arbeiteten am Bau eines Kanalsystems. Durch meinen Beruf als Vermessungstechniker wurde ich dort zu Vermessungsarbeiten eingesetzt. Diese Sonderstellung verkrafteten meine RAD-Führer schlecht und nahmen mich beim Exerzieren besonders aufs Korn.

Im Sommer 1939 verstarb meine Mutter an Kehlkopfkrebs. Ich erhielt drei Tage Sonderurlaub zur Beerdigung meiner Mutter.

Gegen Ende August 1939 kam im RAD-Lager eine plötzliche Unruhe bei unseren RAD-Führern auf und am 30. August 1939 lautete der Befehl »Kleidung in Tornister packen, zum Abmarsch bereitmachen«. In der Nacht verließen wir unser Lager und marschierten nach Ottersweiher bei Bühl. Dort wurden wir in eine ehemalige Schule einquartiert. Ottersweiher liegt etwas zurück vom Rhein. Wir hatten keine Ahnung von einem Krieg. Am 1. September 1939 erfuhren wir dann, dass Hitler den Krieg gegen Polen begonnen hatte. Später erfuhr ich, dass mein Vater als 49-Jähriger zu Kriegsbeginn zur Musterung eingezogen wurde und somit unsere Wohnung leer stand, da mein Bruder beim Militär war. Mein Vater wurde nach wenigen Tagen wieder entlassen. Der Polenfeldzug dauerte nur wenige Tage. Mein Bruder Otto hatte daran teilgenommen. Gleichzeitig besetzten die Russen den Osten von Polen. In einer Demarkationslinie standen sich nun deutsche und russische Truppen mitten in Polen gegenüber. Wir behielten unsere Uniformen. Die Hackenkreuzbinde mussten wir entfernen und erhielten eine gelbe Armbinde mit der Aufschrift »Deutsche Wehrmacht«. Von einem Tag zum anderen gehörten wir also zur Wehrmacht. Zu unserer Einheit wurden Männer um das Alter von vierzig bis fünfundvierzig Jahren eingezogen und wir wurden als Baukompanie bezeichnet. Täglich wurden wir mit Lastwagen an die Rheingrenze gefahren und mussten dort Schützengräben und Maschinengewehrstellungen ausheben. Im November wurden wir nach Altschweiher, noch etwas weiter rückwärts, in Gasthäuser verlegt. Unsere Betten waren dreistöckig. In der Nacht fiel ich im Schlaf aus dem dritten Stock des Bettes und kam ins Soldatenlazarett nach Gernsbach, wurde aber nach einer Woche wieder ohne Beschwerden entlassen.

Die Verbindung mit dem Vater war sehr schlecht und die Mutter lebte nicht mehr. Unter normalen Verhältnissen wäre die Arbeitsdienstpflicht am 30. September 1939 beendet gewesen. Wir wurden jedoch nicht entlassen und mussten in der Baukompanie bleiben. In den Monaten vom Oktober 1939 bis Januar 1940 sind wir jungen Wehrdienstpflichtigen in unregelmäßigen Abständen aus dieser Baukompanie in Uniform mit der Auflage entlassen worden, dass wir uns zu Hause sofort beim zuständigen Wehrbezirkskommando zur Einberufung in die Wehrmacht zu melden hätten. Unsere Uniformen mussten wir zurückschicken. Wer sich dort nicht meldete, würde als Fahnenflüchtiger gesucht und bestraft. Auf Fahnenflucht konnte auch Todesstrafe erfolgen. Ich wurde am 22. Dezember aus der Baukompanie entlassen, meldete mich in Stuttgart beim Wehrbezirkskommando und bekam die Antwort, wenn ich zur Infanterie wolle, könne ich den Einberufungsbefehl sofort mitnehmen. Ich gab zur Antwort, dass ich zur Beobachtungsabteilung wolle.

Meine Mutter, die Seele des Hauses, fehlte, der Vater war hilflos. Nach vier Tagen erhielt ich den Einberufungsbefehl zum Artillerieregiment 260 nach Brünn in der Tschechei. Am 4. Januar 1940 ging es mit der Bahn dorthin. Nun war ich zwanzig Jahre alt, Soldat, und da die Mutter viel zu früh verstorben war, heimatlos.

Der Krieg von 1939 – 1945

Die Ausbildung als Kanonier bei der Artillerie

Als Soldat in Ausbildung befand ich mich in einer bespannten Einheit im Feindesland. Die Mutter verstorben, keine Verbindung zum Vater, in völlig fremder Umgebung mit gleichaltrigen Kameraden, welche im Gegensatz zu mir Briefe und Päckchen von zu Hause bekamen. In dieser Zeit war die Kaserne in Brünn mein trauriges Zuhause. Zusammen mit ungefähr vierzehn Mann lag ich in einer Stube mit zweistöckigen Betten. Jeder meiner Kameraden hatte einen Spind für seine dürftige Ausrüstung. Die Ausrüstung: Ausgehuniform, Felduniform, Drillich, Unterwäsche, Stiefel, Essgeschirr, Gewehr, Gasmaske und ein abschließbares Fach für private Dinge. Die Gegenstände mussten sorgfältig im Spind untergebracht werden. Immer wieder wurden Stuben- und Spindappelle durchgeführt, und wehe der Spind war nicht sorgfältig eingeräumt, denn dann drohte Strafe. Es gab einen Stubenältesten.

Der militärische Drill begann. Der Tagesablauf: sechs Uhr wecken, aufstehen. Zwei Mann der Stube waren wöchentlich eingeteilt, das Frühstück auf die Stube zu holen und die Stube sauber zu halten. Sieben Uhr antreten zum Dienst auf dem Kasernenhof. Exerzieren war angesagt. Um zwölf Uhr Mittagspause bis vierzehn Uhr dreißig, dann wieder Exerzieren oder Waffenunterricht. Achtzehn Uhr Ende des Dienstes. Eine Stunde später Abendessen, und dann hatte man freie Zeit und hatte seine Klamotten noch in Ordnung zu halten. Zweiundzwanzig Uhr Nachtruhe. Kontrolliert wurde durch den Unteroffizier vom Dienst. Es herrschte strenge Ordnung.

Die ersten vier Wochen durfte man die Kaserne nicht verlassen und musste als Erstes das Grüßen der Vorgesetzten lernen. Sympathie und Antipathie spielten eine große Rolle. Den Vorgesetzten war man unbarmherzig ausgeliefert. Ich wurde bei der Artillerie ausgebildet an der leichten Feldhaubitze mit 10,5 Zentimeter, die von sechs Pferden gezogen wurde. Es gab deshalb zwei wesentliche Arten von Soldaten. Kanoniere zur Geschützbedienung und Kanoniere, welche die Pferde zu pflegen hatten und lernen mussten, wie die Geschütze mit Pferden zu ziehen sind. Es gab den Stangenreiter, Mittelreiter und Vorderreiter, also den Geschützfahrer. Der Geschützfahrer war überwiegend im Pferdestall zur Versorgung und Pflege der Pferde und musste das Reiten lernen. Es stellte sich heraus, dass bei Einberufung entsprechend Personal ausgesucht wurde, denn bei uns waren viele Leute, die zu Hause schon mit Pferden zu tun hatten und mit diesen umgehen konnten.

Als Gegensatz zum Geschützfahrer gab es den Geschützkanonier, dieser wurde zur Bedienung der Geschütze ausgebildet.

Einen gemeinsamen Waffenunterricht gab es über das Gewehr, Maschinengewehr, die Pistole, Maschinenpistole und die Gasmaske.

Nach kurzer und gründlicher Ausbildung am Geschütz wurde ich zu Spezialausbildungen in der Artillerie abkommandiert. Der Grund dafür war mein erlernter Beruf als Vermessungstechniker. In der Artillerie brauchte man den sogenannten Richtkanonier, Richtkreisunteroffizier, den Rechnertrupp und den Artillerievermessungstrupp. Alle diese Spezialausbildungen musste ich erlernen. Ich wurde also zu einem Spezialisten bei der Artillerie. Richtkanonier und Richtkreisunteroffizier hatten die Aufgabe, die Geschütze in die richtige Richtung und Entfernung einzustellen. Der Rechnertrupp musste die Einwirkungen der besonderen Wetterverhältnisse, wie Windrichtung, Gegen-, Seiten- oder Rückenwind, zur Geschosslaufbahn errechnen. Der Vermessungstrupp hatte die Geschützstellungen der Batterien durch Streckenzüge miteinander zu vermessen. Durch diese Vermessungen war es möglich, dass alle drei Geschützbatterien einer Abteilung auf ein Ziel konzentriert eingestellt werden konnten. Aus diesem Grund war ich bei den direkten Vorgesetzten ein unbeliebter Rekrut, weil ich immer wieder abkommandiert war und mehr über die Artillerie wusste als diese, sowohl bei den Offizieren als auch bei den Unteroffizieren. Zu all diesen Spezialausbildungen gehörte auch die Reitausbildung, dies war für mich der schwierigste Teil meiner Ausbildung. Da ich in der Großstadt Stuttgart aufgewachsen bin und mit Pferden niemals etwas zu tun gehabt hatte, musste ich in den Stall, das Pferd satteln und zur Reithalle bringen. Im Stall, wenn das Pferd mit dem Schwanz wedelte, hatte ich Angst. Obwohl ich sehr sportlich war, waren meine ersten Reitstunden eine Tortur. Aufgrund meiner besonderen Ausbildung wurde ich nach vier Monaten zum Oberkanonier und Hilfsausbilder ernannt.

Die Unterwerfung bei meinen Vorgesetzten war mir zuwider. Ich war kein strammer Soldat.

Während meiner Ausbildung hatten wir einen Hilfsausbilder mit Namen »Löwenstein«. Eines Tages war diese Person einfach nicht mehr bei uns. Ich musste sofort an die Pogromnacht von 1938 denken. Der Name deutet auf jüdische Herkunft hin, und ich bin fest überzeugt, dass dieser Mann deshalb aus der Wehrmacht entfernt wurde. Nach allem was ich in früher Jugend erlebte, war dies ein Zeichen des Rassismus, der Willkür und der Ohnmacht. Als einfacher Soldat war man machtlos und konnte nur hoffen, unbeschadet zu bleiben. Jedes Aufbegehren wäre der Tod gewesen. In Brünn waren wir Besatzungsmacht und durften nur zu zweit oder mehreren ausgehen. Im August 1940 wurde unsere Ersatzabteilung nach Ludwigsburg verlegt. Es begann für mich eine neue Zeit.

Eine Zwischenzeit in Ludwigsburg

und anschließend Besatzungsmacht in Frankreich

In Ludwigsburg war die Zeit als Hilfsausbilder beendet. Inzwischen hatte Hitler den Feldzug gegen Frankreich im Frühjahr 1940 angefangen und konnte Paris und einen großen Teil von Frankreich besetzen. Ich erinnere mich noch, als in Ludwigsburg eine Wehrmachtseinheit mit großem Jubel empfangen wurde. Meine Gedanken: Hoffentlich geht der Krieg bald aus. Ich konnte nicht mitjubeln. Obwohl unweit von der Heimat Stuttgart durfte ich Ludwigsburg nicht verlassen. In sechs Wochen durfte ich einmal nach Hause. In Ludwigsburg hatten wir die erfahrenen Kriegshelden als Ausbilder. Dort wurden wir mächtig geschlaucht und gedrillt. Weil ich die Ausbindezügel am Pferd bei der Reitstunde vergessen hatte, musste ich eine Reitstunde neben dem Pferd herlaufen, und die Übrigen durften reiten.

Im Oktober 1940 wurde ich mit anderen Kameraden nach Santenay in Frankreich bei Dijon zur II. Abteilung des Artillerieregiments 260 versetzt. Ich gehörte zum Vermessungstrupp im Abteilungsstab. Wir kamen zu einer Einheit, die den Frankreichfeldzug mitgemacht hatte. Beim ersten Antreten fragte der Spieß jeden von uns nach seiner Ausbildung. Bei allen Neuankömmlingen, gleichgültig ob Funker, Fernsprecher oder zum Vermessungstrupp gehörend, war die Antwort des Spießes: »Sie werden ein guter Pferdepfleger.« Wir wurden alle in den Stall als Pferdepfleger eingeteilt. Bald wurde mir klar, warum. Die Teilnehmer der Einheit am Frankreichfeldzug erhielten Heimaturlaub und daher fehlte es beim Pflegen der Pferde. Mit meinem Kameraden Schäfer hatte ich zusammen zwölf Pferde zu versorgen. Folgender Tagesablauf: sechs Uhr wecken, aufstehen, waschen, anziehen, Pferde tränken und füttern, frühstücken, sieben Uhr antreten zum Appell, ab in den Stall und um acht Uhr mit zwei Pferden, ein Pferd gesattelt, antreten zum Ausreiten und Bewegen der Pferde. Im Laufe des Vormittags dasselbe noch zwei Mal. Wehe, wenn am Pferd etwas auszusetzen war, dann hieß es vom Spieß: »Sie holen sich drei Stallwachen im Dienstzimmer von Samstag zwanzig Uhr auf Sonntag zwanzig Uhr ab.« Am Nachmittag hatte man seine Pferde zu pflegen und zu putzen, wenn notwendig zum Hufschmied zum Hufeisenbeschlag zu bringen. Bei sechs Pferden war immer etwas zu erledigen. Immer wieder kam es vor, dass ich bei Übungen der Offiziere als Ausgebildeter im Vermessungstrupp vom Major der Abteilung angefordert wurde. Dies war dem Spieß ein Dorn im Auge, aber er konnte dagegen nichts machen. Ich musste dies jedoch auf andere Weise büßen. Der Spieß brummte mir viele Stallwachen von Samstag auf Sonntag auf.

Im Januar 1941 war ich ein Jahr bei der Wehrmacht, und der Spieß musste mir morgens im Stall mitteilen, dass ich um neun Uhr zum Major kommen sollte. Er erklärte aber sofort, dass ich um acht Uhr beim Anspannen der Pferde dabei sein müsse. Beim Antreten schrie er von Weitem: »Die Pferde sind dreckig und so was will Gefreiter werden. Sie holen sich drei Stallwachen ab!«

Über Weihnachten und Neujahr 1940 ging der Spieß in Heimaturlaub. Sein Vertreter ordnete an, dass ich ins Offizierskasino zur Bedienung der Offiziere gehen sollte. Ich wurde von der Stallarbeit befreit. Ich war also Kellner im Offizierskasino. Beim Antreten am Morgen, als der Spieß zurück war, hieß es: »Kaißling geht wieder in den Stall!«

Auch in Frankreich hatten wir Reitunterricht, jedoch im Freien. Dort wurden wir fast zu Zirkusreitern ausgebildet. Im Trab auf- und abspringen, auf dem Sattel stehend die Jacke aus-

und anziehen, auf dem Sattel die Schere machen – »als Schere versteht man, die Beine hochschwingen, kreuzen, sodass man mit dem Rücken zum Pferdekopf sitzt«. Ich wurde also im Januar 1941 zum Gefreiten befördert. Die Schikanen durch den Spieß wurden fortgesetzt. Im Februar wurden die Abteilungsmeisterschaften im Fußballspiel unter den vier Batterieeinheiten durchgeführt. Nachdem ich in unserer Mannschaft den Libero spielte, ein gutes Spiel machte und wir die Meisterschaft errangen, schrie der Spieß nach dem Spiel: »Kaißling kommt aus dem Stall!« Ich war jedoch an jenem Samstag auf Sonntag wieder zur Stallwache eingeteilt und wurde sofort befreit. Ab diesem Zeitpunkt bin ich weder beim Waffen- noch Pferdeappell vom Spieß kritisiert worden. Die Leidenszeit hatte ein Ende. Da es kalt und Winter war, blieb ich jedoch freiwillig bei meinen Pferden im Stall, denn dort war es warm.

Mit der französischen Bevölkerung hatten wir keinen Kontakt. Wir waren Besatzungsmacht und die Bevölkerung uns gegenüber sehr reserviert. Dies lag auch an den Sprachkenntnissen, da der Großteil der Soldaten die Sprache nicht konnte. In der Zeit bis Juni 1941 wurde ich zur Weiterbildung im Artillerievermessungstrupp zum Regiment zu Kursen abkommandiert. In unserer Einheit kamen plötzlich zwei Unteroffiziere auf mich zu und baten mich in meiner Freizeit, dass ich sie in Kartenkunde unterrichte. Ich ahnte, dass mit unserer Einheit eine Änderung bevorstand. Plötzlich hieß es, Hitler habe Russland den Krieg erklärt. Die Folge war, dass unsere Einheit zum Kriegseinsatz nach Russland kommandiert wurde. Mir war nicht wohl dabei, aber man hatte ja keine andere Wahl als mitzugehen. Mir wurde ein Pferd zugeteilt. Die wenigen Klamotten, die man als Soldat hatte, waren zu packen, in den Seitentaschen am Sattel des Pferdes unterzubringen, und nun ging es mit dem Transport von Dijon nach Brest an die polnisch-russische Grenze zum Kriegseinsatz gegen Russland.

Der Russlandkrieg von 1941 – 1945

Ich war über diesen Einsatz nicht begeistert, aber was konnte man dagegen tun? Kriegsdienstverweigerung bedeutete die sofortige Erschießung. Die Flucht ergreifen – und vor allem wohin – war in Europa unmöglich, denn Hitler hielt fast ganz Europa besetzt. Man hatte nur die Wahl mitzugehen und die Hoffnung, dass man mit fünfzig Prozent Wahrscheinlichkeit und viel Glück den Krieg überleben könnte.

Unsere Einheit wurde im Mittelabschnitt eingesetzt. Der Vormarsch ging durch die Pripjetsümpfe in Richtung Tchernigow. Bald pfiffen uns die Gewehrkugeln um den Kopf und ich hatte große Angst um mein Leben. Als die ersten Kameraden fielen, war ich sehr traurig. Es war Sommerzeit, sehr heiß, die Straßen unbefestigt, sandig und staubig. Der erste Widerstand war schnell gebrochen, weil der Russe auf einen Angriff nicht vorbereitet war. Wir hatten als pferdebespannte Einheit dann Mühe, den motorisierten Einheiten zu folgen. Fünfzig, sechzig und einmal siebzig Kilometer mussten wir an einem Tage zurücklegen, da waren wir von vier Uhr bis anderntags zwei Uhr unterwegs. Zu Beginn des Feldzuges kamen auch russische Flugzeuge und griffen uns an. Mit unseren Pferden waren wir denen ausgeliefert und konnten keine Deckung suchen. Für uns war es ein Glück, dass unsere Luftwaffe bald die Lufthoheit hatte. Als uns auf Lastwagen die ersten russischen Kriegsgefangenen entgegenkamen, war mein erster Gedanke: Wehe uns, wenn wir den Krieg verlieren oder ich selbst in Kriegsgefangenschaft gerate.

Der Vormarsch ging rasch voran. Während des Vormarschs kam mein vorgesetzter Leutnant und sagte mir, ich solle in den Marschpausen dem Kommandeur (Major) Bursche machen und ihm das Essen bringen. Ich antwortete darauf, dass ich froh sei, wenn ich meinen eigenen Dreck putzen könne. Ich lehnte einfach ab. Ich wusste, dass man zum Burschen nicht befohlen werden konnte. Gleichzeitig war mir auch klar, dass der Artillerievermessungstrupp ohne mich seine Aufgabe nicht erfüllen konnte. Dies war auch meinem vorgesetzten Leutnant und selbst dem Major klar, denn wenn Vermessungen von Geschützstellungen oder ein Beobachtungsstand notwendig waren, musste ich es tun.

Heftigen Widerstand gab es bei Tschernigow. Unsere Einheit musste den Fluss Desna überqueren und einen Brückenkopf bilden. Bei diesen Gefechten erlebte ich zum ersten Mal die russische Stalinorgel, ein Geschütz, auf einem Lastwagen montiert, mit enormer Feuerkraft. Wir hatten einige Tote und verwundete Kameraden. Nach diesen Kampfhandlungen wurden wir abgezogen und nach dem Norden verlegt. Unser nächster Einsatz war zwischen der Stadt Gomel und Smolensk in Richtung Kaluga. Es wurde Herbst und eine Regenperiode begann. Die unbefestigten Straßen weichten auf und wurden zu Schlammstraßen. Die motorisierten Einheiten blieben im Schlamm stecken. Die pferdebespannten Einheiten hatten alle Mühe weiterzukommen. Unvergesslich sind für mich die schrecklichen Bilder, als ich an einem Ortseingang russische Zivilpersonen aufgehängt an einem Baum sah. Unfassbar ist für mich, dass der Mensch am Menschen so handeln kann. Meine Gedanken gipfelten darin, dass dies auch mir im Krieg geschehen könnte. Ist dies die Bestie Mensch?

An dieser Stelle kann ich beteuern, dass mir nicht bekannt ist, dass von unserer Einheit einer Zivilperson ein Leid angetan wurde. Um die Pferde zu schonen, mussten wir diese oft an der Hand führen, durften also nicht reiten. Immer wieder kam es vor, dass auf dem Vormarsch der Spieß unterwegs zu mir sagte: »Merken Sie sich den Weg, denn Sie müssen den Tross nachholen!«

Am Tagesziel angelangt, hatte ich die Aufgabe erhalten, in stockdunkler Nacht zurückzureiten und den Tross nachzuholen. Außerdem hatte ich als Verbindungsmelder zwischen unserer Abteilung und dem Regiment Aufgaben zu erledigen, ohne Karte. Der Major legte mir die Karte vor, erklärte den Weg, und ich musste allein gehen, hatte jedoch ein Offizier oder Unteroffizier den Befehl bekommen, musste ich diese begleiten. Erbitterten Widerstand gab es auf dem Vormarsch bei Kaluga. Bald wurde es kalt. Wir waren mit unserer Einheit ungefähr hundert Kilometer südlich von Moskau angekommen. Der Vormarsch stoppte. Hitler hatte geglaubt, dass Moskau noch vor dem Wintereintritt eingenommen würde und dann Russland besiegt wäre. Wir mussten Erdbunker bauen und stellten uns auf einen Stellungskrieg ein. Noch vor Weihnachten, wir lagen am Westufer des Flusses Oka. Es schneite und wurde bitterkalt, 30 bis 40 Grad minus. Wir hatten keine Winterkleidung. Die Finger froren an den Metallteilen des Gewehrs, die man berührte, fest. Aus Lumpen nähte man sich Fausthandschuhe und Überzüge für die Lederschuhe. Die Kameraden mussten einander beobachten, ob die Nase oder Ohren weiß wurden. Der Atem fror einem im Gesicht an. Man organisierte Schlitten von der Bevölkerung, weil unsere Fahrzeuge im Schnee zu schwerfällig waren.

Unsere Erdbunker waren kaum fertig, dann hieß es, ohne dass ein Schuss gefallen wäre, Aufbruch zum Rückmarsch. Was war geschehen? Stalin hatte zum »Vaterländischen Krieg« aufgerufen. Der Russe hatte Winterkleidung, gefütterte Oberkleidung, Filzstiefel, Pelzmützen und gute Handschuhe. Der Fluss Oka war zugefroren, und der Russe begann eine Gegenoffensive, hatte an mehreren Stellen die Oka überschritten und war zum Vormarsch gekommen. Der Befehl lautete Frontbegradigung und dann Verteidigung. Ich musste den Abteilungskommandeur (Major) im Schlitten fahren. Ich war also zum

Pferdekutscher befohlen. Wir kamen in Ortschaften, wo tote deutsche und russische Soldaten unmittelbar nebeneinander lagen. Die gefallenen Soldaten fielen um und gefroren sofort, streckten die Arme noch hoch, hatten rote Wangen, sodass man glaubte, sie lebten noch.

Nun wurde uns klar, dass wir bereits eingekesselt waren. Unsere Einheiten hatten große Verluste durch Erfrierungen. Meine Durchblutung war sehr gut und mir erfror nichts. Kleiderläuse hatten alle. Einige Kameraden bekamen Flecktyphus, hohes Fieber mit wenig Überlebenschance und sind daran gestorben. In einer Nacht wurden mir meine zwei Pferde gestohlen. Der Kommandeur erklärte: »Am Abend haben Sie Ihre Pferde wieder.« Ich durchsuchte im Ort alle Pferdeställe, fand eines meiner Pferde und ein zweites Pferd klaute ich. Es ging nicht lange, dann hatte ich einen Schlittenunfall zusammen mit dem Kommandeur auf einer abschüssigen Straße. Unmittelbar darauf erfolgte die Absetzung und ich musste mit einem Schlitten die Verpflegung für die Einheit holen. Bei dieser Tätigkeit waren wir den Partisanen ausgesetzt. Nachts kamen russische Flugzeuge, wir nannten sie lahme Enten, weil sie langsam flogen, diese warfen Leuchtschirme ab, erhellten das Gelände und konnten dann auf uns Bomben abwerfen, dabei gab es immer wieder Tote. Unsere Luftwaffe hatte die Lufthoheit längst verloren.

Im April 1942 kam der Rückmarsch zum Stillstand. Unsere Einheiten wurden mit jungen Soldaten aufgefüllt. Es begann ein Stellungskrieg im Mittelabschnitt. Wir mussten Erdbunker im Wald bauen. Den Sommer über gab es immer wieder russische Angriffe, die abgewehrt wurden. Ich wurde als Fernsprecher in der Abteilungsvermittlung eingesetzt, bei Artilleriebeschuss unterwegs sein und Fernsprechleitungen flicken. Die ersten Soldaten unserer Einheit bekamen Fronturlaub nach Hause. Auch ich durfte im August 1942 nach zwei Jahren für vier Wochen nach Hause in den Urlaub. Es war ein weiter Weg.

Mit gemischten Gefühlen kam ich in Stuttgart an. Hatte ich doch nie einen Brief von meinem Vater erhalten. Der Vater hatte inzwischen wieder geheiratet. Für mich eine fremde Frau. Mein Jugendfreund Walter Süsser war noch zu Hause, da er unabkömmlich für die Rüstungsindustrie eingesetzt war. Mit Besuchen bei Verwandten und Bekannten ging der Urlaub schnell vorüber. Jede Überlegung, wie man dem Fronteinsatz entgehen könnte, war vergebens. Wohin sollte man flüchten. Hitler hatte fast ganz Europa besetzt und unter seiner Kontrolle. In Deutschland gab es noch kaum Fliegerangriffe und keine zerbombten Städte. Ich ging zurück zu meiner Einheit mit traurigen Gefühlen.

Hitler hatte im Sommer im Süden Russlands eine Offensive auf die Industriestadt Stalingrad gestartet. Der Amerikaner war dem Krieg gegen Deutschland beigetreten und hatte Russland mit Waffen und Munition unterstützt. An Menschen hatte es in Russland nicht gemangelt.

Im Herbst und Winter 1942 auf 1943 wurde die sechste Armee unter General Paulus eingekesselt und vernichtet. Auch wir im Mittelabschnitt mussten wieder einen Rückzug zur Frontbegradigung machen. Bei der Wehrmacht fehlte es an Offizieren. Man schickte mich in Russland zu einem Offizierslehrgang. Ich erfuhr, dass bei Bestehen des Lehrgangs eine Versetzung zur Infanterie kommen würde. Meine Gedanken waren, ein lebendiger Obergefreiter ist besser als ein toter Leutnant, und stellte mich doof. Den Lehrgang bestand ich nicht und blieb bei der Artillerie.

Im August 1943 erhielt ich wieder einen Fronturlaub von vier Wochen, der schnell vorüber war. Als ich zurück an die Front kam, war mein bester Kamerad, Schäfer, bei Kampfhandlungen gefallen. Ich war sehr traurig. Nachdem wir in Russland immer wieder zum Rückzug gezwungen wurden, hoffte ich, dass Hitler bald einen Waffenstillstand abschließen würde und dann der Krieg ein Ende habe. Bei der Infanterie herrschte Personalmangel und so wurden immer wieder Soldaten der Artillerie für sechs Wochen zur Infanterie abkommandiert. Nachdem ich bei meinen Vorgesetzten nicht beliebt war, wurde auch ich einmal zur Infanterie abkommandiert. Es war ein Stellungskrieg. Die feindlichen Stellungen lagen vierzig Meter auseinander. Ich hatte Wache im vordersten Graben. Plötzlich hörte ich einen Stahlhelm im Graben kullern, ich schaute nach und vernahm, dass ein Kamerad tot im Graben lag. Er hatte mitten in die Stirne durch Scharfschützen einen Kopfschuss erhalten. Ich musste seinen Posten übernehmen. Nach zwanzig Minuten knallte es wieder, und wenn ich die Größe des Kameraden gehabt hätte, wäre auch ich getötet worden. Im Sommer 1943 wurde ich zu einem Unteroffizierslehrgang befohlen und danach zum Unteroffizier befördert. Meine Aufgaben wurden vielfältig. Waren Vermessungen zu machen, wurde ich herangezogen. Oft musste ich das Fernsprechleitungsnetz der Abteilung zu den Batterien auf- und abbauen als Vor- und Nachkommando beim Stellungswechsel. Die klirrenden, kalten Winternächte bei hellem Mondschein und stockdunkler Nacht bleiben mir immer in Erinnerung. Als ich das Leitungsnetz bei einem Rückzug als Nachkommando abbauen musste, geschah es, dass ich gerade noch zurückkam, bevor die Pioniere auf den Wegen Minen verlegten.

In unserer Einheit gab es einen Führungswechsel. Der Adjutant der Abteilung »Leutnant« wurde zum Oberleutnant befördert und als Batteriechef versetzt. Als Major bekamen wir den früheren Leutnant des Vermessungstrupps, der mich gut kannte. Wenn dieser Major zu einer seiner Batterien ging, musste ich ihn stets begleiten. Nun erkannte der ehemalige Adjutant meine Fähigkeiten und wollte mich in seine Batterie lotsen. Ich wurde vier Wochen zu seiner Batterie abkommandiert, aber danach lehnte ich eine Versetzung ab, denn er hatte mich früher oft schikaniert. Auch im Winter 1943 – 1944 mussten wir wieder einen Rückzug wegen Frontbereinigung antreten. Die Rückzugsgefechte wurden immer heftiger. Russische Artillerie beschoss uns, Panzer überrollten unsere Infanterie, unser Fernsprechleitungsnetz wurde zerstört und musste unter Beschuss geflickt werden. Zwischen meinem Kameraden und mir schlug im Abstand von vier Metern eine Granate ein, zum Glück war es ein Blindgänger. Nach mehr als sechzig Jahren komme ich fast noch ins Zittern. In den Wintermonaten 1942/1943 und 1943/1944 erhielten wir auch Filzstiefel und gefütterte Anzüge mit Pelzmützen.

Nach vielen lebensgefährlichen Einsätzen wurde mir das eiserne Kreuz ll. Klasse verliehen. 1944, es war noch kalt und die Erde gefroren. Wir mussten Erdbunker bauen und Erdsprengungen vornehmen. Bei diesen Sprengungen hatte mich ein Erdbrocken in der Nierengegend getroffen. Verdacht auf Nierenquetschung. Ich wurde ins Feldlazarett und in Richtung Heimat transportiert, aber in Minsk ausgeladen und kam zur Genesendenkompanie. Die Hoffnung, dass der Krieg für mich vorbei wäre, hatte sich zerschlagen. In Minsk musste ich bald Wache beim Stadtkommandanten oder am Bahnhof ausführen. Am Bahnhof erlebte ich, wie die jüdische Bevölkerung zu Fronarbeiten herangezogen wurde. Für mich war dies ein schreckliches Bild. Nach sechs Wochen musste ich wieder zu meiner Einheit zurück. Im Frühjahr 1944 erhielt ich einen weiteren Fronturlaub von vier Wochen. Stuttgart wurde in dieser Zeit immer wieder von feindlichen Fliegern angegriffen. Die Heimatbevölkerung wurde sehr ängstlich und verbrachte in der Nacht viele Stunden in ihren unsicheren Luftschutzkellern. Nach vier Wochen ging ich mit einem Abschiedsgefühl nach Russland zurück.

Für mich war der Krieg schon längst verloren, aber es gab keine Alternative. Verweigerung oder Flucht hätten den sicheren Tod durch Erschießen bedeutet. Ich war kaum bei der Truppe angekommen und bald ging unter schweren Rückzugsgefechten ein unübersichtlicher Rückmarsch los. Ich wurde als vorgeschobener oder als seitlicher Beobachter der Artillerie eingesetzt. Meldete ich dem Kommandeur Truppenbewegungen, lautete die Antwort: »Keine Munition, beobachten Sie weiter!« Bald erlebten wir auf unserem Rückzug, dass wir nach jeder Rast auf Widerstand stießen, also bereits vom Feind eingeschlossen waren. Feindliche Flugzeuge griffen uns im Tiefflug an und wir hatten große Verluste an Menschen, Pferden und Material. Die verwundeten Kameraden führten wir in unseren Fahrzeugen mit. Gefallene Kameraden wurden am Wegesrand begraben. Bei der Stadt Orscha war ich wieder einmal als Melder unterwegs. Dabei merkte ich, dass niemand mehr wusste, wo der Feind war, denn unterwegs wollte mich ein fremder Offizier der Infanterie in seine Truppe eingliedern. Zunächst hatten wir uns einheitsweise noch ungefähr drei Wochen nach Westen gekämpft. Östlich von Minsk hieß es: »In der nächsten

Nacht wird ein Durchbruch nach Westen zur deutschen Linie erfolgen.«

Ich erhielt den Auftrag, die Batteriechefs zum Kommandeur zur Besprechung zu holen. Mein Pferd bräuchte ich nicht mitzunehmen. Es war Hochsommer im Monat Juni. Als ich zu meiner Einheit wiederkam, waren die Herren Offiziere mit einigen Unteroffizieren und einfachen Soldaten spurlos verschwunden. Auch mein Pferd war weg. Unsere sämtlichen Einheiten, ob Infanterie, Pioniere oder Artillerie, hatten sich in Wohlgefallen aufgelöst, und niemand wusste, wie es nun weitergehen sollte. Führungslos. Zum Glück war es Sommer und warm. Wer wollte schon in russische Gefangenschaft. Man wusste, was in Stalingrad geschehen war. Jeder Soldat, gleich welchen Ranges, wollte einfach in Richtung Westen nach Hause. Auch ich fürchtete die russische Gefangenschaft.

Grauenvolle zehn Tage

Ich stand im Morgengrauen gegen vier Uhr östlich von Minsk, bewaffnet mit einer Maschinenpistole mit drei Magazinen, zwei Handgranaten im Koppel, einer Pistole 08/15, meinem Brotbeutel ohne Nahrung und meiner Feldflasche, ohne Kontakt zu einem Kameraden da. Um mich herum waren deutsche Soldaten anderer Einheiten und wild herumlaufende Pferde. Niemand wusste, wie es nun weitergehen sollte. Schnell schloss man sich in Gruppen zusammen, mit dem Ziel nach Westen zu gehen. Niemand wollte freiwillig in russische Kriegsgefangenschaft geraten. Man orientierte sich nach dem Sonnenstand. Manchmal hatte auch einer der Kameraden einen Kompass dabei. Man kannte sich nicht, sondern hatte nur das gleiche Schicksal und den gleichen Gedanken. Viele Kameraden warfen ihre Waffen weg und waren somit wehrlos, wollten aber trotzdem nicht in Gefangenschaft. Ich stellte mir die Frage: Soll ich mich wehrlos der Willkür anderer Menschen aussetzen? Und behielt meine Waffen.

Der Marsch nach Westen ging nun los. Gleich am ersten Tag gerieten wir in ein Lager von russischen Soldaten und mussten fliehen. Bald merkten wir, dass wir nur in der Nacht weitergehen konnten, um nicht gesehen zu werden. Ortschaften und öffentliche Straßen mussten wir meiden. Am Tage mussten wir uns in den Wäldern verstecken. Es kam vor, dass wir am Tage plötzlich zwei- bis dreihundert Soldaten im Wald waren. Schlimm war es, dass wir bei Tag beobachten konnten, wie die russischen Einheiten auf den Straßen vormarschierten. Ernährt haben wir uns von Waldbeeren und Schrotkörnern, denn die Frucht stand noch auf den Feldern. Wasser holten wir aus Bächen. In der dritten Nacht kamen wir an einen Bach, der zu überqueren war. Wir zogen uns aus, hielten die Kleidung hoch, schwammen durch und zogen uns wieder an. Am vierten Tag kamen wir an eine langgezogene Ortschaft und waren ungefähr dreihundert Soldaten. Niemand wusste, ob russische Soldaten in der Ortschaft waren. Wir schlichen uns durch hohe Kornfelder an die Ortschaft heran, überrannten mit einem Hurrageschrei die Ortschaft und liefen danach wieder in den Wald. Unser Grundsatz war immer, niemals zu schießen. Wir sammelten uns wieder im nahe gelegenen Wald, mussten zusehen, wie russische Einheiten auf den Straßen nach Westen marschierten. Plötzlich wurde unser Wald mit Artilleriefeuer beschossen. In Gruppen zu drei, vier Mann verließen wir den Wald. Ich war nun mit vier Mann zusammen. Wir begegneten in der Entfernung von zweihundert Metern zwei Reitern, die uns zuriefen: »Nicht schießen, einer herkommen!«

Wir überlegten, was zu tun sei, schauten uns um, liefen zum nahe gelegenen Wald und verkrochen uns. Die Reiter kamen nicht in den Wald und schossen von außen herein. Bald wurde es dunkel, und es fing an zu regnen. Wir waren nur noch zu zweit. Mein Kamerad hatte einen Kompass und ich ein Fernglas, also ergänzten wir uns. Am Morgen war unsere Kleidung triefend nass. Wir entdeckten einen riesigen Heuhaufen auf freiem Feld und entschlossen uns, uns einzugraben, um unsere Kleidung wieder zu trocknen. Dort drin war es gut warm und die Kleidung wurde trocken. Als wir wieder nach draußen schauten, stellten wir fest, dass es sechs Uhr am andern Tag war und heller Sonnenschein. Wir gingen nun weiter und entdeckten, dass vom Ort zwei Personen mit Sensen und Rucksack auf uns zukamen. Wir versteckten uns in einer kleinen Senke. Als die beiden Russen zehn Meter vor uns waren, standen wir auf und riefen: »Ruki wär idi suda!« (»Hände hoch, herkommen!«) Wir vermuteten, dass diese in ihren Rucksäcken Brot und Milch hatten, und es war auch so. Zunächst aßen wir uns satt, den Rest nahmen wir mit und fragten noch, wann die deutschen Truppen das Dorf verlassen hätten. Antwort: vor drei Tagen. Wir hatten nun etwas Verpflegung, ließen die beiden laufen und gingen weiter nach Westen.

Bald stießen wir wieder auf deutsche Kameraden. In aller Ruhe gingen wir in einer Gruppe von fünfunddreißig Mann weiter. Wir waren alle bewaffnet. Uns begegneten sechs Reiter. Die ließen uns und wir sie gehen. Ich bin überzeugt, wenn wir nicht bewaffnet gewesen wären, hätten diese uns angegriffen. Wir kamen an einen Wasserkanal mit etwa dreißig bis vierzig Zentimeter Wassertiefe, an dessen Ufer wir entlanggehen mussten. Diese schrecklichen Bilder sehe ich heute noch und lassen mich nach so vielen Jahren im Traum manchmal nicht zur Ruhe kommen. Brutal niedergeschossene deutsche Kameraden, erschlagene Kameraden, die mit zusammengebundenen Händen auf dem Rücken tot im Kanal liegen. Es war einfach gefährlich, ohne Waffen zu gehen.

Wir kamen nicht mehr zur Ruhe und nicht mehr zum Schlafen. Am Ende des Kanals kamen wir an einen Fluss, etwa zwanzig Meter breit. Entdeckten ein Holzfloß, das wir zum Übersetzen benutzten. Die Schwimmer mussten die Nichtschwimmer hinüberbringen. Wir Schwimmer zogen uns aus und leiteten das Floß über den Fluss. Es ging alles gut. Immer wieder geschah es, dass wir auseinander gerissen wurden. In der Nacht liefen wir an schlafenden russischen Soldaten vorbei. Jeder von uns hatte die Hoffnung, der russischen Kriegsgefangenschaft zu entkommen. Von Minsk waren wir ungefähr hundertfünfzig Kilometer bis Lida gekommen. Lida war ehemaliges polnisches Gebiet. Wir waren noch acht Soldaten und hatten einen oberschlesischen Kameraden dabei, der die polnische Sprache beherrschte. So konnten wir in der Nacht einzelne Häuser angehen und Nahrungsmittel ergattern. Es gelang uns in der Nacht durch die Stadt Lida zu kommen. In der Dämmerung morgens entdeckten wir eine Scheune. Wir waren erschöpft und brauchten eine Ruhepause. Alle Kameraden wollten nur noch schlafen. Ich warnte davor, in der Scheune zu schlafen, mit der Begründung, wenn wir beobachtet würden, könnten wir geschnappt werden. Allein weiterzugehen war zu gefährlich, also ging auch ich mit. Wir lagen im ersten Schlaf. Ich war eingegraben im Heu. Plötzlich trampelte mir jemand auf den Füßen herum und rief: »Hände hoch, raus kommen!« Ich hatte keine andere Wahl. Es waren zwei Zivilpersonen mit einer Pistole. Mir wurden meine Waffen abgenommen und somit waren diese gut bewaffnet. Es gab kein Entkommen. Man nahm uns den Schmuck und die Uhren ab, dann bekamen wir Brot und Milch zu essen. Wir wurden von keinen Unmenschen gefangen genommen. Keiner von uns wusste, wie es nun weitergehen sollte.

Der Weg in die Kriegsgefangenschaft

Die Zivilpersonen übergaben uns den Russen. Zunächst wurden wir in eine Scheune gebracht, wo schon andere Gefangene lagen. Ich war noch mit einer Reithose und Reitstiefeln bekleidet. Ich merkte, dass solche Bekleidung sehr begehrt war und willkürlich jederzeit mir vom Leib gerissen werden konnte. In die Reithose riss ich vorn sichtbar einen großen Dreiangel hinein, dass die weiße Unterhose sichtbar war. Somit wollte niemand meine Reithose. Obwohl ich schon während des Rückmarsches Löcher an den Knöcheln meiner Reitstiefel geschnitten hatte, kamen zwei Zivilpersonen und wollten meine Reitstiefel. Ich wehrte mich und berief mich auf den russischen Kommandanten. Die eine Person hielt mich von hinten fest und die andere zog mir meine Stiefel aus. Ich erreichte jedoch, dass ich ein paar Schnürschuhe als Ersatz erhielt. So musste ich doch nicht barfuß über Stock und Stein gehen wie viele

Kameraden, die dann mit blutenden Füßen unterwegs waren. Täglich ging nun unser Weg wieder nach dem Osten und unsere Kolonne wurde immer länger. Wer nicht mehr weitermarschieren konnte, wurde erschossen. Uns kamen russische Landser ohne Bewaffnung entgegen, die an die Front marschierten, und riefen uns zu: »Berlin!« Am Abend gab es etwas zu essen. Da der Willkür keine Grenzen gesetzt waren, konnte es auch passieren, dass man am Tag auch mal einen Hieb von irgendjemanden bekommen hatte. Die Nacht verbrachten wir irgendwo liegend im Freien, eng aneinander geschmiegt, denn so war es auszuhalten. Wenn sich jemand in der Nacht erhob, wurde sofort geschossen. Ich kann heute nicht mehr sagen, wie viele Tage wir so unterwegs waren. Ich erinnere mich nur noch, dass unser körperlicher Zustand immer schlechter wurde, denn zehn Tage auf der Flucht mit dürftiger Nahrung und nun am Tage nur eine Wassersuppe. Wir waren ohne Kraft und schlichen so dahin. Zum Glück war es Sommer und tagsüber warm. Wir landeten in einem großen Lager. Ich traf Albert Kempf, einen Kameraden aus meiner Einheit, und erfuhr, dass unsere Herren Offiziere, die uns schnöde verlassen hatten, auch in Gefangenschaft gekommen seien. Wir beide wollten beieinander bleiben und dies gelang uns auch.

Die geordnete Gefangenschaft

Wie viele tausend Kriegsgefangene wir inzwischen waren, kann ich nicht sagen. Wir waren wieder in der Nähe von Minsk. Nun wurde ein Transport zusammengestellt nach dem Osten. Die deutschen Offiziere wurden sofort von den Unteroffizieren und Mannschaften abgetrennt. Unsere Offiziere erhielten doppelte Verpflegung, einen Personenwagen im Transportzug und alle anderen wurden in Viehwaggons zu fünfundvierzig

Mann eingesperrt. Im Waggon hatten wir eine Strohunterlage zum Schlafen. Der Liegeplatz reichte jedoch nicht für alle, so waren wir gezwungen in zeitlichen Unterschieden zu schlafen. Niemand wusste, in welche Richtung die Reise ging. Wir orientierten uns nach der Sonne und hofften, in den Süden zu kommen. Je länger die Reise ging, umso unerträglicher wurde der Zustand im Waggon. Im Waggon stank es nach Urin und Kot. Es war auch keine zügige Fahrt. Manchmal standen wir einen Tag oder eine Nacht in irgendeiner Gegend.

Plötzlich entzifferten wir, dass wir auf dem Bahnhof in Moskau standen. Dort erhielten wir Trockenbrot und Salzheringe als Verpflegung, aber nichts zu trinken, danach hatten wir einen riesigen Durst. Wir erlebten einen Regentag und konnten an der kleinen Öffnung des Waggons während der Fahrt Regenwasser einsammeln. Am Tage erhielten wir einmal etwas zu essen. Jeden Morgen klopfte es an unsere Wagentür, und es wurde gefragt: »Skolka kapuut?« (»Wie viel sind verstorben?«) Die verstorbenen Kameraden wurden dann ausgeladen. Es vergingen Tage und wir fuhren immer nach Osten. Gemeinsam konnten wir die Stationen entziffern und stellten fest, dass wir im Ural in der Stadt »Swerdlowsk« angekommen waren. Von dort ging es noch etwa hundertfünfzig Kilometer weiter nach Osten. Plötzlich hielt der Transport, die Türen wurden geöffnet, und es wurde nach Frisören gefragt. Nun wurden an allen Stellen am Körper die Haare entfernt und danach ging es in die Entlausungsanstalt. Wir bekamen andere Klamotten und erst dann durften wir in das Gefangenenlager gehen. Im Lager hofften wir auf die Regelmäßigkeit von Essen, Trinken und Schlafen.

Das Lager

Das Lager war umzäunt mit einem dichten Bretterzaun. Innerhalb des Zaunes war ein fünf Meter fein umgepflügter Streifen, den niemand betreten durfte, sonst wurde von den Ecktürmen der Bewachung geschossen. Es gab nur einen bewachten Eingang. Im Lager war eine Unterkunft von hundert Metern Länge aus Holz, die zur Hälfte im Boden eingegraben und zur anderen Hälfte mit Erde angeschüttet war. Innerhalb der Unterkunft waren zwei Stock hohe Holzliegen zum Schlafen. Die Latrine lag im Freien, ein ausgehobener Graben von einem Meter Breite, zehn Metern Länge, einem Meter Tiefe und ein Donnerbalken. Außerdem gab es eine kleine Krankenunterkunft für die sterbenden Kameraden und den Küchenbunker. Das Wachpersonal wohnte außerhalb des Lagers. Als erste Tätigkeit mussten wir eine weitere Unterkunft im Lager bauen für weitere Ankömmlinge. Durch unsere ursprüngliche Flucht waren wir ausgemergelte und nicht leistungsfähige Männer. Im Lager gab es nur zwei Wasserstellen.

Das Lagerleben

Zunächst wurden wir in Arbeitsgruppen von zehn Mann eingeteilt mit einem eigenen Gruppenführer, der für die Gruppe zuständig war. Jeden Tag morgens und abends war Antreten zum Zählappell. Dies dauerte abends oft ein bis zwei Stunden, oft kippte ein Kamerad um vor Schwäche. Danach mussten wir das Abendessen fassen. Die meisten Gefangenen hatten eine ein Liter Oskar-Meier-Büchse aus Amerika. Es gab viel wässerige Krautsuppen ohne großen Nährwert. Für die Gruppe von zehn Mann erhielt man je nach Arbeitsleistung ein mit

Kartoffeln gebackenes, schwer verdauliches Brot. Die tägliche Arbeitsleistung wurde vom aufsichtsführenden Russen per Augenschein abgeschätzt. Wenn die Gruppe keine hundert Prozent bescheinigt bekam, gab es weniger Brot. Das Brot wurde in der Gruppe aufgeteilt, wobei genaue Buchführung notwendig war, wer einen Kanten erhalten hatte, denn diese Brotkanten sättigten am besten. Wir hatten keine Messer, um das Brot zu teilen, daher schärften wir unsere Metalllöffelstiele zu Messerschneiden. Ich kann mich nicht daran erinnern, ob es auch einmal Fleisch gegeben hat.

Manchmal erhielten wir Zucker. Ich hatte einmal Zucker zu verteilen. Jeder bekam einen gestrichenen Esslöffel. Ich selbst hatte noch keinen Zucker erhalten und dem Letzten fehlte für den gestrichenen Esslöffel ein klein wenig. Dieser erregte sich und brüllte mich an, obwohl er genau wusste, dass ich noch nichts hatte. Ich nahm den Zucker, warf ihm den ins Gesicht und sagte: »Da hast du deinen Zucker, ich habe auch keinen.«

Der Hunger war groß. Ich konnte nicht einschlafen, bevor ich mein Brot nicht gegessen hatte. So ging es fast allen Kameraden. Außerdem war es möglich, dass einem das Brot von den Kameraden in der Nacht gestohlen wurde.

Unser Arbeitseinsatz war sehr unterschiedlich. Zunächst mussten wir Holzfällerarbeiten im Wald für unsere neue Lagerbaracke machen. Wir arbeiteten in der Sandgrube, mussten an den Gleisen der Transsibirischen Eisenbahn arbeiten und waren Erntehelfer für die Kolchosen. Bei Kolchosenarbeiten bekamen wir immer dort zusätzliche Verpflegung. Alle vier Wochen kam eine ärztliche Kommission und stellte unsere Arbeitsfähigkeit fest. Man musste sich nackt vorstellen, und wer noch einen konvexen Podex hatte, war auch noch arbeitsfähig. Über die Kriegsereignisse erfuhren wir nichts. Wir hatten schwerste Arbeit zu verrichten bei wenig Essen. Jeder war sich selbst der

Nächste. Wer sich umschaute, konnte schnell feststellen, wie wichtig Selbstbeherrschung und Eigendisziplin waren. Wer sich nicht beherrschen konnte und an jede Wasserstelle zum Trinken ging, bekam schnell Durchfall oder sogar die Ruhr. Mein Kamerad Albert Kempf lehrte mich schon im Sommer, dass ich Wiesenkräuter, Himbeer- und Brombeerblätter sammeln sollte, um Tee zu kochen. Nachdem unsere russischen Aufsichtspersonen immer Feuer machten, um ihr Essen zu wärmen, hatte man die Gelegenheit, sein Wasser abzukochen. Ich kochte das Wasser immer ab und bekam nie Durchfall. Viele Kameraden erkrankten und starben an Durchfall. Bei vielen Kameraden traten bald Hungerödeme auf. Am Abend hatte man das Wasser in den Beinen und durch das Liegen in der Nacht war morgens der Oberkörper und Kopf voll damit.

Der Winter kam und es wurde eisig kalt, um minus 30 Grad. An Weihnachten taten sich einige Kameraden zusammen und wir sangen einige Weihnachtslieder. Es war wohl das hoffnungsloseste Weihnachten, das ich in meinem Dasein erlebt habe. Der Krieg dauerte an und ich galt zu Hause als vermisst. Für niemand gab es eine Briefverbindung. In der Weihnachtszeit erhielten wir Machorka-Tabak. Am 31. Dezember 1944 rauchte ich nach dem Mittagessen bei der Arbeit, und es wurde mir übel. Am nächsten Tag suchte ich ein Tauschverhältnis mit einem deutschen Küchenbullen, ich wollte Lebensmittel gegen Tabak, und es gelang. Zum Überleben waren für mich Lebensmittel wichtiger als das Rauchen und die deutschen Küchenbullen hatten genug zu essen. Im Januar 1945 kam wieder eine ärztliche Kommission zur Untersuchung und ich wurde ausgemustert zu einem Transport.

Russisches Gefangenenlazarett

Im tiefen Winter bei 20 bis 30 Grad Kälte in einen Güterwagentransport zu kommen war sehr gefährlich, denn leicht konnte man während des Transportes krank werden. Wir wurden zwei Tage in Güterwagen zu zwanzig Mann in die Nähe von Kasan, etwa hundertfünfzig Kilometer westlich vom Ural, gebracht. Dort wurden wir zu dreißig Mann in ehemaligen Schulzimmern als Kranke untergebracht. Man sprach von Schule vier, fünf und sechs. Wenn ein Kamerad im Sterben lag, sagte man, der komme bald nach Schule sieben. Die kräftigsten Gefangenen mussten die Zimmer in Ordnung halten, das Essen holen und die Schulsäle heizen. Die Fenster konnten nicht geöffnet werden. Als Kleidung hatte man Unterhose und Unterhemd. Die Ordnungshüter bekamen noch eine Arbeitskutte. Besonders kräftige Gefangene mussten täglich nach außerhalb und Gräber ausheben für die gestorbenen Kameraden. Zunächst war auch ich ein Ordnungshüter in Schule vier. Die uns betreuende russische Ärztin kam manchmal abends, sagte: »Kaißling, komm mit!«, gab mir im Flur zusätzlich eine Schüssel voll zu essen. Niemand durfte dies jedoch erfahren. Im Hof des Schulgeländes lag ein Holzschuppen. Durch die Ritzen konnte ich dann sehen, dass unsere verstorbenen Kameraden wie die Scheiterbeigen aufgestapelt waren, weil sie nicht so schnell begraben werden konnten. Als Zusatznahrung ergatterte ich aus dem Abfall der Küche Kohlstrunke zum Essen. Wer Fieber oder Durchfall bekam, überlebte nicht lange. Wöchentlich war Stubenvisite, wobei der Bretterboden nass aufgewischt und hell erscheinen sollte. Der Stubenälteste musste die Meldung in russischer Sprache machen. Draußen hatte es 30 bis 40 Grad Kälte. Die Kameraden untereinander sprachen nur vom Essen und baldigem Kriegsende. Über die

Kriegsereignisse in Deutschland erfuhren wir nie etwas. Der Ofen für die Zimmerheizung war vom Flur aus zu besorgen. Die Holzzuteilung war sehr spärlich. Es war eine Kunst, im Ofen eine Glut zu erzeugen, welche möglichst lange anhielt. Im März 1945 kam für mich eine Überraschung. Ich wurde von Schule vier nach Schule sechs versetzt.

Meine Arbeit in Schule sechs

Das Kriegsgefangenenlazarett, Schule sechs, war klein. Es hatte zwei Stockwerke, vier Säle, in jedem Stockwerk Toiletten, wobei im Erdgeschoss ein Saal von Gefangenen belegt war, die als Arbeitskräfte zum Erhalt und zur Pflege der Kranken benötigt wurden. Im Übrigen gab es hier Wachtürme, umgepflügte Sicherheitsstreifen, als Einfriedung ein Bretterzaun mit Stacheldraht, innerhalb ein Lager mit mehreren Sauerkrautfässern und als Eingang das übliche Wachhaus für die Wachsoldaten. In den drei Krankensälen lagen etwa dreißig Kranke. Ich wurde als Arbeitskraft in dieses Lazarett versetzt und zur Pflege der Kranken eingesetzt. Bald stellte sich heraus, dass hier nur an Tuberkulose erkrankte Gefangene lagen. Als erste Aufgabe in der Frühe hatte ich das Wachhaus der Soldaten zu reinigen und Feuer zu machen. Danach musste ich zur Instandhaltung des Hauses da sein, Zimmer-, Toiletten-, Spucknapf- und Hausreinigung. Das tägliche Essen war besser als bisher, aber die Ansteckungsgefahr in diesem Hause groß. Es gab im Haus nur deutsche Ärzte. Nur die Verwaltung lag in russischer Hand. In jeder Woche starb hier ein Kamerad. Wenn im Sauerkrautlager Fässer abgeholt wurden, bekamen wir immer wieder Sauerkraut zusätzlich. Wir waren acht arbeitsfähige Gefangene.

Die Wochen vergingen. Am 10. Mai 1945 wurde ich von den Wachsoldaten in der Frühe empfangen: »Hitler kapuut

du skora na damoi!« (»Hitler kaputt, du bald nach Hause!«).
Dies war die Nachricht, dass der Krieg zu Ende war. Wie es
mit uns weitergehen sollte, konnte niemand wissen. Nur eines
war sicher, solange Krieg herrschte, war eine Erlösung aus der
Gefangenschaft nicht zu erwarten.

Das Ende des Krieges wurde mit Erleichterung aufgenommen. Alle Kameraden hatten einen Hoffnungsschimmer, wieder nach Hause zu kommen.

Am Anfang des Monats Juni 1945 erwischte es mich. Ich
bekam hohes Fieber, 40 Grad. Eine Lungen- und Rippenfellentzündung war die Diagnose. Dies war in dem Hause zu
erwarten. Noch heute erinnere ich mich, wie die Ärzte nach
zehn Tagen an meinem Bett sagten: »Morgen wird sich's ent-
scheiden.« Für mich war klar – Leben oder Tod. In mir war
ein fester Wille »zum Leben und nach Hause zu kommen«.
Ich bekam fiebersenkende Mittel. Während der Erkrankung
zwang ich mich immer, alle Mahlzeiten voll aufzuessen. Nach
den zehn Tagen war es mein Ziel, mein Fieber täglich um
ein Zehntel runterzubekommen. Es gelang mir und Mitte Juli
1945 war ich fieberfrei. Immer wieder kam auch hier eine Ärztekommission. Da die Tuberkulose eine hohe Ansteckungsgefahr bedeutet und damals häufig auch zum Tode führte, wollte
der Russe diese Gefangenen weghaben. Wir waren keine Arbeitskräfte, sondern nur Brotesser und eine Ansteckungsgefahr.
Für alle fieberfreien und transportfähigen Gefangenen hieß es:
baldige Entlassung. So kam es auch.

Die Heimfahrt aus Gefangenschaft

Ich wurde also von der Ärztekommission zur Entlassung aus-
sortiert. Uns wurde erklärt, dass wir ohne Bewachung entlassen würden, und wer auf der Heimfahrt irgendwo zurück-

47

bliebe, käme wieder in ein Gefangenenlager. Nur ein Verpflegungsteam aus russischem Personal waren unsere Begleiter. Wir wurden in Viehwaggons transportiert, die jederzeit geöffnet werden konnten. Im Waggon waren wir zwanzig Personen auf Stroh gebettet. Auf dem Transport mussten wir täglich, wenn der Transport längere Zeit hielt, unser Essen vom Küchenwaggon in Eimern holen und die Eimer mit Wasser gefüllt wieder zurückbringen. Unterwegs konnte es geschehen, dass der Transport eine ganze Nacht auf einem Abstellgleis in einem Bahnhof stand. Niemand konnte wissen, wann der Zug weiterfuhr. Wir standen eine Nacht auf einem Bahnhof. In der Frühe um sieben Uhr mussten wir Essen holen und sollten die Essenseimer mit Wasser gefüllt zurückbringen. Ein Kamerad und ich meldeten uns freiwillig, dies zu tun. Wir waren bei der Wasserstelle. Plötzlich fuhr ein Zug weg, ich schaute auf und stellte fest, dass dies unser Gefangenentransport war. Wir waren acht Personen mit unseren Eimern, versuchten den Zug noch zu erreichen, aber vergebens. Nun standen wir ratlos da. Jeder hatte eine andere Meinung. Es überwog, dass wir mit einem anderen Zug nachfahren müssten. Ich gab zu bedenken, dass wir nicht wüssten mit welchem Zug und als flüchtige Gefangene galten, wenn wir entdeckt würden. Mein Gedanke war: Es ist mir nicht gegönnt nach Hause zu kommen und somit Fügung Gottes. Ich musste bei den Kameraden Überzeugungsarbeit leisten, dass es nur sinnvoll sei, wenn wir uns beim zuständigen Bahnhofsoffizier melden würden und ihm erklären sollten, was geschehen war und unsere Eimer als Dokument galten. Meine weiteren Gedanken waren jedoch: Kommen wir zu einem hasserfüllten Unmenschen, so schickt er uns wieder in ein Lager, kommen wir zu einem Gutmenschen, verfügt er, dass wir nachfahren können. Der Willkür des einzelnen Menschen sind in diesem Falle keine Grenzen gesetzt.

Ich machte mich auf mit einem Kameraden. Nahm den Eimer als Dokument mit, erklärte dem Bahnhofsoffizier in russischer Sprache unsere Situation. Dieser lächelte und schickte uns wieder auf den Bahnsteig mit der Bemerkung, dass wir wieder Bescheid erhielten. Auf dem Bahnsteig war inzwischen ein Transport mit russischen Frontsoldaten eingetroffen. Nun erfuhren wir, wie unterschiedlich die Stimmung der einzelnen Personen sein konnte. Manche dieser Soldaten hätten uns umbringen können, und andere nahmen uns mit zu ihrem Verpflegungswaggon und gaben uns zu essen. Der ganze Spuk dauerte eine Stunde und dann hatten wir unsere Ruhe. Wir warteten auf dem Bahnsteig auf weiteren Befehl. Nach fünf Stunden um zwölf Uhr kam ein russischer Soldat, führte uns zu einem Zug und erklärte, dass wir diesen Zug nicht mehr verlassen sollten, denn dieser würde unseren Heimtransportzug am Abend gegen zweiundzwanzig Uhr erreichen. Welche Erleichterung. So geschah es auch. Wir fuhren gegen zweiundzwanzig Uhr noch weit hinter Moskau auf einem Bahnhof ein und unmittelbar daneben stand unser Heimtransportzug. Wir waren überglücklich. Die Kameraden sagten, dass bereits bekannt gegeben wurde, dass wir wieder in ein Lager kämen.

Ich betrachte dies heute noch als Fügung Gottes. Unser Transport endete in Frankfurt an der Oder. Dort kamen wir für einige Tage in ein Entlassungslager, bis die Entlassungspapiere ausgestellt waren und jeder seine Marschverpflegung für drei Tage erhalten hatte. Selbst in diesem Lager starben noch Kameraden. Es war ein Lazarettzelt. Ab diesem Zeitpunkt musste jeder sehen, wie er in seine Heimatstadt kam. Bis Stuttgart war es noch ein weiter Weg.

Von Frankfurt an der Oder bis Stuttgart

Die Marschverpflegung war an einem Tag aufgezehrt. Wir hatten kein Geld, um eine Bahnfahrt zu bezahlen. Jeder musste sehen, wie er nach Hause kam. Von Frankfurt a. d. Oder bis Berlin fuhr ich auf einem Kohlenwaggon mit. Übernachtung im völlig zerstörten Berlin auf dem Bahnhof. An unserer Kleidung und unserem ausgemergelten Aussehen war ersichtlich, wer aus russischer Gefangenschaft kam. An der Bahnsteigsperre hielt uns niemand auf. Ohne Worte steckten mir fremde Menschen belegte Brote zu. In Berlin musste ich zusehen, wie gesunde deutsche Bevölkerung jeglichen Alters in Transportzügen unter Bewachung von Russen nach dem Osten zur Wiedergutmachung abtransportiert wurden. Für mich waren dies schreckliche Bilder. Im überfüllten Zug ging die Fahrt über Halle nach Leipzig. In Leipzig steckte mir ohne Worte eine Frau 10 Reichsmark zu und ein belegtes Brot. In Leipzig ging ich zum Frisör und ließ mich rasieren, ich hatte ja Geld, musste aber nichts bezahlen. Beim Frisör wurden ein Kamerad und ich zum Essen eingeladen. Es gab Rotkraut, Fleisch und Kartoffeln. Ich war beim Essen sehr vorsichtig, denn unser Magen konnte noch nicht viel Fett ertragen, und es ging bei mir gut. Mein Kamerad bekam einen furchtbaren Durchfall. Wir beide wollten von Leipzig weiterfahren in Richtung Plauen zur Zonengrenze, aber es fuhr kein Zug mehr. Ein älterer Herr sprach uns an und fragte, ob wir ein Nachtquartier suchten, denn ab zweiundzwanzig Uhr war Sperrstunde, und dann durfte niemand mehr auf der Straße sein. Wir nahmen dieses Angebot an. Im Flur der Wohnung war ein Matratzenlager aufgebaut, wo wir mit noch zwei Heimkehrern, die aus amerikanischer Gefangenschaft kamen, schlafen konnten. Am nächsten Morgen stellte sich heraus, dass der Wohnungsinhaber Geld für die Übernachtung wollte. Von uns bekam er kein Geld, und ich erklärte ihm, dass er in Zukunft keine Kriegsgefangenen aus Russland zur Übernachtung einladen sollte. Mein Kamerad hatte einen so starken Durchfall, dass er in Leipzig ins Krankenhaus ging.

Deutschland war in vier Zonen, die russische, englische, amerikanische und französische Zone, aufgeteilt worden. Die Zonengrenzen waren streng bewacht. Nur mit einem Passierschein, ausgestellt von der jeweiligen Besatzungsmacht, durfte man in eine andere Zone wechseln. Meine Fahrt ging nun weiter nach Plauen in Richtung Zonengrenze. Dort traf ich noch andere Kameraden, die auch in die amerikanische Zone nach Hause wollten. Ich hatte einen Entlassungsschein in russischer Sprache nach Stuttgart und nahm an, dass ich nach Vorzeigen beim russischen Ortskommandanten in die amerikanische Zone wechseln könne. Dieser erklärte uns aber, dass die Zonengrenze geschlossen sei, und wann sie geöffnet würde, könne er uns nicht sagen. Wir übernachteten in einer Turnhalle. Nun – was tun? Die Zivilbevölkerung gab uns eine genaue Beschreibung, wie wir in der Nacht die Grenze überschreiten könnten. Wir mussten also mit vollem Risiko die bewachte Grenze überschreiten. Am Abend gingen wir durch ein Haus, welches unmittelbar am Waldrand stand, mussten einen Berg hochgehen, schlichen auf der Kuppe oben ringsumher, lauschten nach unten und stellten fest, dass dort, wo wir Pferdehufe hörten, der Russe war, denn der Amerikaner fuhr seine Grenze mit Autos ab. Während der Nacht entdeckten wir plötzlich zwei Personen, die Zigaretten rauchten, vermutlich russische Soldaten. Bei uns, etwa sechs Personen, war totale Stille angesagt. Ich hatte viel Glück, dass ich keinen Hustenanfall bekam. Nach der Beschreibung mussten wir auf der Höhe einen Feldweg überqueren in ein Kornfeld hinein und dahinter wäre ein Bauerhof. Wenn wir diesen Bauerhof erreicht hätten, seien wir in der amerikanischen Zone.

Es war im Monat August und die Dämmerung kam so gegen vier Uhr. Wir entdeckten den Weg, das Kornfeld und entfernt den Bauernhof. Es gelang uns, den Hof zu erreichen. Wir klopften am Bauernhof und wollten wissen, ob wir in der amerikanischen Zone seien, erhielten aber keine Antwort. Wir legten uns in dessen Scheuer und vertrauten, dass wir in der amerikanischen Zone waren. In der Frühe war der Bauer verärgert, und wir wollten nur wissen, ob wir nun in der amerikanischen Zone wären. Antwort: ja. Wir waren glücklich.

Jeder von uns sechs hatte einen anderen Heimatort. Man kannte sich nicht, tat sich einfach zusammen und ging dann seines Wegs. Bald kamen amerikanische Soldaten mit einem Jeep, die sahen sofort, dass wir aus russischer Gefangenschaft kamen, und nahmen uns bis Bayreuth mit. Für mich lautete nun die Frage, auf welchem Weg komme ich nach Stuttgart. Die Städte, Bahnlinien, Brücken und Verkehrswege waren durch Bomben zerstört. Von Bayreuth schlug ich den Weg über Würzburg, Frankfurt a. M., Mannheim, Heilbronn ein, da dies wohl lauter Hauptstrecken waren und instand gesetzt sein konnten. Manchmal musste ich ein Stück zu Fuß gehen, da Brücken zerstört waren. Ich erinnere mich noch, dass Würzburg und Frankfurt a. M. sehr stark zerstört waren. Man sah mir an, dass ich aus russischer Gefangenschaft kam und immer wieder wurde mir Essen zugesteckt. In drei Tagen kam ich von Bayreuth bis Ludwigsburg. Übernachtet habe ich auf Bahnhöfen. In Ludwigsburg angekommen herrschte Sperrstunde. Der Amerikaner holte uns vom Zug und brachte mich in eine Schule zur Übernachtung. Ich fürchtete, vom Amerikaner in Gefangenschaft genommen zu werden, aber am nächsten Morgen wurde ich wieder freigelassen. Mitte August 1945 kam ich in Stuttgart aus russischer Kriegsgefangenschaft an. Auf dem kurzen Weg vom Bahnhof zur Straßenbahnhaltestelle begegnete mir der Nachbar unserer Wohnung, der mich wegen meines schlechten Aussehens nicht erkannte. Ich sprach ihn an und fragte, ob das Haus noch stehe, wo wir wohnten. Dann erkannte er mich und sagte: »Ja, aber die Schule gegenüber ist total zerstört.«

Mein erster Eindruck von Stuttgart war völlige Zerstörung. In der Straßenbahn wollte der Schaffner Fahrgeld, ich antwortete nur: »Russlandheimkehrer«, und durfte weiterfahren. Ich kam an der Wohnung zu Hause an; mein Vater stand im Hof, spaltete Holz und konnte es kaum fassen, dass ich vor ihm stand, denn ich galt seit Mitte Juni 1944 als vermisst.

Die erste Nachkriegszeit

Es war Mitte August 1945. Das genaue Datum kann ich nicht mehr sagen. Ich war abgemagert, nur noch Haut und Knochen und in einem erbärmlichen Zustand. Zunächst saß ich da und weinte nur. Hatte Hungerödeme, am Abend Wasser in den Beinen und am Morgen einen dicken Kopf. Schnell sprach sich herum, dass ein Soldat aus russischer Gefangenschaft nach Hause gekommen sei. In der Nachbarschaft, wo ich auftauchte, musste ich erzählen, wie es mir ergangen war. Durch diese Erzählungen hatte ich in der ersten Zeit nachts schreckliche Träume über die vielen Ereignisse im Krieg und in der Gefangenschaft. Ein schwieriges Problem war in der Anfangszeit das Essen. Mein Magen und die Verdauungsorgane waren das nun etwas reichlichere und bessere Essen nicht gewöhnt. Obwohl in der Nachkriegszeit das Essen nicht fettreich war, ging ich vorsichtig zu Werke. Mein wichtigster Weg war jedoch der Weg zur ärztlichen Untersuchung, denn ich vermutete, dass ich an Lungentuberkulose erkrankt war. Zu damaliger Zeit war dies ein langsames Auszehren und Abbauen des Körpers, nahezu ein Todesurteil. Mein Hausarzt schickte mich sofort zum Staatlichen Gesundheitsamt. Dort wurde eine beidseitige Miliartuberkulose der Lunge festgestellt (Schwindsucht). Es traf ein, was ich vermutet hatte. Bei offener Tuberkulose, also wenn die Bazillen durch Husten aus dem Mund geraten, besteht für die Umgebung höchste Ansteckungsgefahr. Ich wurde deshalb sofort in das Lungensanatorium Willhelmsheim bei Backnang eingewiesen. Ich war zwar zu Hause angekommen, aber mit welchen Zukunftsaussichten? Medikamente gab es kaum – und wenn, nur mit großen Nebenwirkungen. Mit Ruhe, Ruhe und nochmals Ruhe und gutem Essen konnte die Tuberkulose zum Stillstand gebracht werden. War ich doch erst sechsundzwanzig Jahre alt und hatte seit April 1939 somit sieben Jahre fürs Vaterland dienen müssen.

Das Leben im Sanatorium

Das Sanatorium in Oppenweiler bei Backnang lag auf einer Berghöhe etwa vier Kilometer vom Ort entfernt, umgeben von Waldfläche. Ein Kontakt mit der Zivilbevölkerung war ausgeschlossen. Es bestand aus zwei Gebäudekomplexen mit je drei Geschossen. In dem einen Gebäude waren die Männer und im anderen die Frauen untergebracht. Patienten gab es in allen Altersstufen, etwa hundertfünfzig Personen.

Es gab 2-Bett-, 3-Bett-, 4-Bett- und 6-Bettzimmer, einen gemeinsamen Speisesaal, Untersuchungszimmer, Labor, Kücheneinrichtung und Liegehallen mit Liegeeinrichtungen im Freien. Auch hier lagen Männer und Frauen streng getrennt. Ich lag in einem 6-Bettzimmer. Patienten mit Fieber mussten im Bett bleiben und alle anderen mussten aufstehen. Man erhielt eine Anstaltskleidung wie ein Sträfling. Das Sanatorium durfte nicht verlassen werden. Der Tagesablauf: sieben Uhr aufstehen, acht Uhr Frühstück, acht Uhr dreißig Liegekur im Freien, zehn Uhr Zwischenmahlzeit (Vollmilch und Brötchen), zehn Uhr dreißig Liegekur im Freien, zwölf Uhr Mittagessen, dreizehn Uhr dreißig stille Liegekur bis fünfzehn Uhr, während dieser Zeit durfte nicht geredet werden, fünfzehn Uhr Zwischenmahlzeit (Vollmilch oder Kakao mit Brötchen), fünfzehn Uhr dreißig Liegekur im Freien, achtzehn Uhr Abendessen, nach dem Abendessen freie Zeit und ab einundzwanzig Uhr war Bettruhe. Auf diese Weise verbrachte man Tag für Tag. Nur am Sonntag hatte man nach dem Mittagessen eine freie Zeit. Ab und zu benutzten einige Patienten und auch ich diese freie Zeit, in dem wir in ein Gasthaus nach Siebersbach den Berg hinuntergingen, um dort Alkohol zu trinken. Dies war nur zur Bewältigung unserer Lebenskrise. Eigentlich war am darauffolgenden Montag alles noch viel schlimmer. Um diese Zeit sinnvoll zu verbringen, lieh ich mir von einem Kollegen, welcher die Ingenieursschule schon gemacht hatte, seine Arbeitshefte aus. Ich versuchte daraus zu lernen und mich auf das Studium vorzubereiten. Energie und Lebenswille waren noch vorhanden. So verbrachte ich also sieben Monate im Lungensanatorium.

Mitte April 1946 wurde ich als arbeitsunfähig nach Hause entlassen. Diese Erkrankung wurde als Kriegsbeschädigung zu siebzig Prozent Erwerbunfähigkeit anerkannt. Ich erhielt eine Grundrente von 70 Reichsmark pro Monat und konnte meinem Vater 50 RM für meinen Lebensunterhalt geben. Ich erhielt einen Ausweis, mit dem ich innerhalb der Stadt die Straßenbahn unentgeltlich benutzen durfte. Dies war für mich eine enorme Erleichterung.

Meine Zukunftsaussichten

Nun stellten sich die Fragen: »Was wird aus mir? Wie kann ich meine Zukunft gestalten? Kann ich meinen erlernten Beruf wieder ausüben? Bei welchem Arbeitgeber komme ich in Arbeit? Oder werde ich ein Dauerinvalide?« Fragen über Fragen.

Niemand wusste, wie es in Deutschland weitergehen würde. Für die notwendigen Lebensmittel gab es Lebensmittelmarken. Ich erhielt Zusatzmarken wegen meiner Tuberkulose. Es herrschte der Schwarzmarkt in allen Bereichen. Vorrangig tauschte man Waren, die man nicht unbedingt brauchte, gegen Lebensmittel ein. Zigaretten waren ein beliebtes Tauschobjekt. Geld war wertlos. Für Bekleidung oder Schuhe brauchte man Bezugsscheine, und dann war es noch fraglich, ob man überhaupt etwas dafür bekam. Man versuchte bei der Landbevölkerung Lebensmittel zu bekommen. Ich ging in den Wald, um essbare Pilze zu sammeln und zu trocknen für den Winter. Jede kleinste Gartenfläche wurde zum Anbau von Salat und Gemüse benutzt. Die Stadt stellte Schrebergärten für die Bevölkerung zur Verfügung. Ich grub zusammen mit meinem Vater Baumstumpfe im Wald aus, um einen Gemüsegarten anzulegen. Es gab Holzlesescheine, um im Wald Holz zu sammeln für die Winterheizung.

Im Herbst 1946 bescherte uns die Natur eine überreiche Bucheckerernte, und im Wald sammelte, wer nur konnte, Buchecken, um Öl pressen zu lassen. Die Städte waren zum großen Teil zerstört, und wer in seiner Wohnung bleiben konnte und niemanden zu sich aufnehmen musste, war glücklich. Vertriebene und Flüchtlinge aus den Ostgebieten mussten untergebracht werden. In großen Wohnungen mussten oft zwei Familien miteinander leben und schichtweise ihr Essen kochen. Jeder war sich selbst der Nächste und gleichzeitig bestand eine Solidarität aus der Not aller. Es gab wohl keine Familie, in der keine Spuren des Krieges vorhanden waren. Viele Familienväter, Ehemänner, Söhne und andere Angehörige galten als vermisst. Familien waren auseinander gerissen, und keiner wusste, wo der andere war. Heute, sechzig Jahre nach Kriegsende, frage ich mich, ob jemand, der diese Zeit nicht erlebt hat, dieses Chaos nachvollziehen kann.

Deutschland war also von den Siegermächten besetzt, in vier Zonen eingeteilt, und in jeder Zone waren die Lebensverhältnisse anders. Die Zonengrenzen wurden willkürlich gezogen. In der englischen und amerikanischen Zone gab es mehr Nahrungsmittel als in der französischen und russischen Zone. Stuttgart lag in der amerikanischen Zone. Wir hatten Glück. Deutschland musste wieder aufgebaut werden. In der Bevölkerung machte sich eine Aufbruchstimmung breit. Bei mir stellte sich die Frage: Was mache ich? Während meiner Vermessungstechnikerlehre hatte mein Lehrherr mir immer wieder gesagt, wenn du die Ingenieursschule nicht besuchst, hast du keine Zukunft. Ich erinnerte mich daran und fasste den Entschluss, das Studium zu machen.

Im Sommer und Herbst 1946 besuchte ich in der Volkshochschule die Fächer Physik, Mathematik, Geometrie und analytische Geometrie, um mich auf die Aufnahmeprüfung zur Ingenieursschule vorzubereiten. Im Herbst 1946 meldete ich mich zur Aufnahmeprüfung bei der Ingenieursschule an. Im Frühjahr 1947 legte ich diese Prüfung mit Erfolg ab. Um aber aufgenommen zu werden, musste man noch einen Arbeitsdienst von vierzehn Tagen für die zerstörte Ingenieurschule leisten. Nun begann mein Studium im Frühjahr 1947 in einer ehemaligen Volksschule in Stuttgart-Degerloch. Unsere Studienzeiten wurden im Schichtbetrieb durchgeführt, montags dreizehn bis neunzehn Uhr, dienstags sieben bis dreizehn Uhr, mittwochs dreizehn bis neunzehn Uhr, donnerstags sieben bis dreizehn Uhr und freitags dreizehn bis neunzehn oder auch zwanzig Uhr. Ich brauchte eine Stunde mit der Straßenbahn von meiner Wohnung bis zur Schule. Es gab keine Bücher zu kaufen, sodass man das Wesentliche in den Vorlesungen mitschreiben musste. Es war gut, mit der Materie immer auf dem Laufenden zu sein, denn unangemeldet waren Semesterarbeiten zu schreiben. Am Ende des Semesters erhielt man ein Semesterzeugnis mit dem Vermerk, ob man reif für das nächste Semester war. Unsere praktischen Arbeiten waren in den Sommerferien oder in der Freizeit zu fertigen. Bis zur Abschlussprüfung musste man diese praktischen Arbeiten in einer Prüfungseingabe der Prüfungskommission vorlegen. Während des Studiums hatte ich oft Rückenschmerzen und wusste nicht, woher diese kamen. Ich biss mich durch und wollte Ingenieur werden. Damals dauerte dieses Studium drei Semester. Die Semestergebühren und sonstigen Auslagen konnte ich von dem ersparten Geld der Soldatenzeit bezahlen.

Im Juli 1948 kam die Währungsreform, das Geld wurde eins zu zehn abgewertet, und ich hatte das Studium noch nicht beendet. Von den 3 000 RM blieben 300 DM übrig, zum Glück erhielt ich auch nach der Währungsreform noch 70 DM wegen meines Kriegsleidens. Ich konnte also weiterleben. Im August 1948 legte ich die Ingenieurprüfung mit Erfolg ab. Niemand wusste, wie es weiterging, und wir alle waren arbeitslose Ingenieure.

Unsere Deutsche Mark hatte plötzlich wieder einen Wert. In den Läden gab es wieder alles zu kaufen. Die Lebensmittelmarken wurden abgeschafft. Beim Währungsumtausch erhielt jede Person nur 60 DM. Alles übrige Geld wurde auf den Sparkonten eingefroren. Diese 60 DM wurden entsprechend auf die vorhandenen Sparkonten angerechnet. Also 600 RM in 60 DM. Wer in Arbeit war, erhielt sein Gehalt in D-Mark und konnte sich weiterhelfen. Nun begann eigentlich erst der Wiederaufbau der zerstörten Städte. Langsam kam die Wirtschaft in Schwung. Das Land und die Kommunen hatten die Kriegsschäden zu beseitigen. Überall fehlte es an Wohnungen. Die Bauunternehmungen hatten alle Hände voll zu tun und brauchten Arbeiter. Ich schrieb Bewerbungen an Baugeschäfte, Behörden, Stadtvermessungsamt, Bundesbahn, Landesvermessungsamt, Stuttgarter Straßenbahn, Flurbereinigungsbehörde und durfte doch mein Kriegsleiden nicht verschweigen wegen arglistiger Täuschung. Ich bekam nur Absagen oder Vertröstungen auf eine spätere Zeit. Mit 70 DM konnte ich mein Leben nicht bestreiten. Es gab weder Arbeitslosengeld noch Arbeitslosen- oder Sozialhilfe. Vogel friss oder stirb. Nun – was tun?

Ich fühlte mich wohl, wollte arbeiten und ging zum Arbeitsamt. Ich wurde zur landwirtschaftlichen Berufsgenossenschaft geschickt, um in der Aktenregistratur zu arbeiten. Gleichzeitig auch zur Süddeutschen Autokühlerfabrik, um dort zu arbeiten. Ich stellte mich persönlich bei beiden vor. Als Ingenieur in der Aktenregistratur zu arbeiten war schon eine Zumutung, aber ich wäre angenommen worden. Bei der Autokühlerfabrik wurde mir in der Auftragsvorbereitung eine Stelle angeboten mit mehr Gehalt und Zuständigkeit für die Herstellung von Reparaturkühlern. Nach sechs Monaten seit meiner Prüfung konnte ich am 15. Februar 1949 dort anfangen. Ich war trotzdem froh, denn hatte ich doch eine Arbeit und einen Verdienst. Ich hatte einen Maschinenbauingenieur als Vorgesetzten, der mir gut zur Seite stand, mich schnell einarbeitete, aber im Betrieb sollten die jeweiligen Meister nicht erfahren, dass ich nicht vom Fach war. Nach drei Monaten Probezeit wurde ich in ein festes Arbeitsverhältnis übernommen. Kurz danach erhielt ich von der Flurbereinigungsbehörde die Einstellungsverfügung, dass ich beim Flurbereinigungsamt in Herrenberg am 1. Juni in meinem erlernten Beruf anfangen könne. Für mich gab es keine andere Überlegung als zurück in den erlernten Beruf. Meine Kündigungsfrist lautete sechs Wochen zum Quartalsende, also 30. Juni. Ich wollte natürlich so früh wie möglich gehen und sprach beim Produktionsleiter vor. Die Firma war mit mir zufrieden und wollte mich nicht gehen lassen, hatte aber eingesehen, dass es für mich besser war, wenn ich in meinen Beruf ging.

Am 15. Juni, also zwei Wochen vor der Kündigungsfrist, durfte ich die Firma verlassen. Ich war glücklich und zufrieden, konnte ich doch in meinen Beruf zurückkehren.

Nachwirkungen der Gefangenschaft

Ich trat also meine Tätigkeit am 15. Juni 1949 beim Flurbereinigungsamt Herrenberg an. Der Dienstbeginn war um sieben Uhr. Mit dem ersten Zug fuhr ich von Stuttgart nach Herrenberg und am Abend wieder zurück. Ich hatte viel Freude an meiner Arbeit. Es dauerte nicht lange, denn die Rückenschmerzen, die ich schon während des Studiums hatte, nahmen zu. Ich ging zu meinem Lungenfacharzt zur Untersuchung, dieser schickte mich zum Röntgenologen, der stellte eine Wirbeltuberkulose des 10., 11. und 12. Brustwirbels mit einem Senkungsabszess fest und wies mich sofort ins Krankenhaus ein. Meine hoffnungsvolle Berufsaussicht wurde jäh abgebrochen. Mir war sofort klar, dass eine schwierige und lange Genesungszeit vor mir lag, wenn eine Genesung überhaupt möglich war.

Die Zukunftsaussichten waren völlig ungewiss. Bei der ersten Visite im Krankenhaus wurde mir erklärt, dass jede Bewegung des Rückens meine Genesung um Monate zurückwerfen könnte. Mir wurde ein Gipsbett angepasst, in dem ich zu liegen hatte. Der Senkungsabszess wurde mehrmals punktiert. Ich lag vom 10. August 1949 bis 15. Juli 1950 in Stuttgart im Krankenhaus. Über meine Verwandten aus Sindelfingen erhielt ich aus Amerika das neue Medikament Streptomycin zur Behandlung. Wurde dann nach Stetten a. k. M. in eine Spezialklinik verlegt. Dort wurde eine neue Methode durch Operationen durchgeführt. Die erkrankten Wirbelherde wurden ausgeräumt, man erhielt ein Stützkorsett und konnte aufstehen. Im September 1950 wurde ich operiert und durfte aufstehen. Im November 1950 musste ein weiterer Abszess entfernt werden. Anfang Januar 1951 wurde ich von dort zum Tragen eines Stützkorsetts verpflichtet und als arbeitsunfähig entlassen.

Ich musste nun überlegen, wie es mit mir weitergehen sollte. Noch gab ich mich mit einer dauernden Arbeitsunfähigkeit nicht zufrieden. Bald nahm ich Kontakt mit dem Amtsleiter des Flurbereinigungsamts Herrenberg wieder auf. Von dort wurde mir erklärt, dass ich trotz der langen Erkrankung nicht entlassen sei, wenn ich arbeitsfähig wäre, könnte ich sofort wieder anfangen. Am 1. April 1951 begann ich meine Arbeit wieder. Ich nahm mir ein möbliertes Zimmer, im Gasthaus aß ich zu Mittag, am Morgen und am Abend versorgte ich mich selbst. Ich war glücklich.

Das Glück dauerte nicht lange. Mitte Februar 1952 bekam ich leichtes Fieber und wieder Schmerzen im Rücken. Der Arzt stellte einen erneuten Abszess im Rückenbereich fest. Inzwischen hatte ich geheiratet und ein Bekannter meiner Frau war Facharzt der extrapulmonalen Tuberkulose. Durch ihn kam ich nach Kreuth in die Nähe des Tegernsees in die Klinik, in der dieser arbeitete. Ich war in den besten Händen. Alles ging von vorne los. Ich musste wieder in einem Gipsbett liegen und mein Abszess wurde wieder punktiert.

Hoffnungslos lag ich wieder da. Im August 1952 bekam ich dort hohes Fieber, eine Herzbeutel- mit Lungen- und Rippenfellentzündung hatte sich bei mir eingestellt. Ich lag todkrank im Bett.

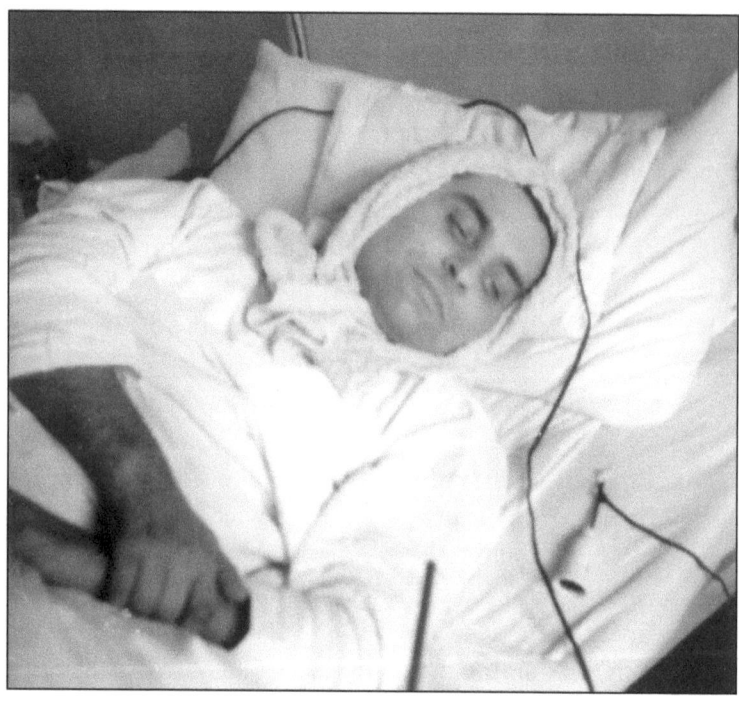

Die Ärzte der Klinik waren ratlos. Ich wurde am Herzbeutel und am Rippenfell punktiert und, da der Arzt eine Mischinfektion des Abszesses vermutete, am Rücken operiert. Der Abszess wurde ausgeräumt, mehrere Dränagen in die Abszessgebiete gelegt, dass sie gespült werden konnten, und dies alles in einer Operation. Meine Schmerzen waren teilweise unerträglich. Ich lag auf Gummiringen und musste immer wieder umgelagert werden. Das Fieber wechselte täglich, mal hatte ich 39 oder 40 Grad, dann wieder Normaltemperatur. Die Dränagen wurden täglich durchgespült und die Schläuche immer wieder ein geringes Stück herausgezogen. Ende Oktober 1952 verordnete der Arzt Aufstehen und Bewegung mit dem Ziel, die Eiterverhaltungen im Körper zu beseitigen. Es war die richtige Therapie. Mein Gesundheitszustand besserte sich. Ich hatte kein Fieber mehr, und es ging aufwärts. Im März 1953 wurde ich dort als arbeitsunfähig entlassen, mit der Prognose, ein Dauerinvalide zu werden. Damit war ich allerdings nicht zufrieden. Meine Arbeitsstelle in Herrenberg war immer noch frei.

Auf eigenes Risiko nahm ich meine Arbeit in Herrenberg am 1. Juni 1953 wieder auf. Zunächst galten für mich nur Arbeit und Erholung. Anfangs zählte ich die Monate, die ich arbeitete. Der Amtsleiter stellte mich vom Außendienst zunächst frei. Ich war glücklich, doch wieder in Arbeit zu stehen. Mit äußerster Disziplin und vorsichtiger Lebensweise gelang es mir, meine Genesung voranzutreiben. Ich erholte mich und konnte bald meine Tätigkeit im Beruf voll ausüben.

Bis zum 31. Oktober 1980, also bis kurz vor meinem einundsechzigsten Geburtstag, übte ich meinen Beruf voll aus.

Auswirkungen auf mein Leben

Aus all diesen Erlebnissen sind für mich ganz bestimmte Wirkungen im gesellschaftlichen Leben entstanden:

1. Eine gute Entwicklung im Kindesalter war sicherlich, dass ich fast bis zum sechsten Lebensjahr in der Krippe von den gleichen Personen betreut wurde.
2. Nachteilig hat sich ausgewirkt, dass ich durch die Arbeitslosigkeit meines Vaters keine höhere Schule besuchen konnte.
3. Zum Außenseiter wurde ich durch die Verhaftung meines Vaters 1933, jedoch gleichzeitig hellhörig gegen eine nationale Diktatur. Es entstand ein freiheitliches Denken. Gegen jede willkürliche Unterdrückung wollte ich mich wehren.
4. Dieses Denken hat sich im Arbeitsdienst, bei der Wehrmacht im Kriege und im Berufsleben oft nachteilig ausgewirkt.
5. Mein Kriegsleiden »Tuberkulose« musste in der Gesellschaft allgemein verschwiegen bleiben. Unumgänglich war dies nur bei Personalchefs, einzelnen Behörden oder Dienststellen.
6. Von Kollegen im Beruf wurde ich im privaten Bereich total gemieden. Es gab keinerlei private Kontakte mit Kollegen in Herrenberg.
7. Die Flurbereinigungsbehörde hat mich als einzigen Ingenieur nicht ins Beamtenverhältnis übernommen, weil sie glaubte, dass ich Frühpensionär werden würde.
8. Meine ehemaligen Lehrlinge, die ich ausgebildet hatte, erklärten später, als sie inzwischen Beamte waren, dass sie nicht unter einem Angestellten arbeiten würden. Es gab dadurch Kompetenzschwierigkeiten.

9. Die logische Folge war, dass ich einen Stellungswechsel vornehmen musste, denn selbst ein neuer Amtsleiter fragte mich, »ob ich für den Beruf geeignet sei«.
10. Viele meiner befreundeten Bekannten haben heute noch keine Kenntnis davon, dass ich an Tuberkulose erkrankt war. Bei diesen bin ich eben Kriegsbeschädigter.
11. Als Kriegsbeschädigter ist man mit seiner Berufsleistung bei Vorgesetzten immer unter ständiger Beobachtung. Will man dieselbe Stellung wie ein Gesunder erreichen, sollte man mehr leisten als ein Gesunder.

1964 wechselte ich zum Stadtvermessungsamt Sindelfingen, durfte dort 1966 die Prüfung zum gehobenen Dienst beim Landesvermessungsamt Stuttgart mit den jungen Ingenieuren ablegen und kam doch noch ins Beamtenverhältnis. Es war eine Genugtuung für mich, dass ich durch großzügige Beförderungen meine Kollegen in Herrenberg überholen konnte.

Heute, nachdem ich ein hohes Alter von fünfundachtzig Jahren erreicht habe, ist die frühere Erkrankung von untergeordneter Bedeutung. Niemand ängstigt oder fürchtet sich, wenn er erfährt, dass ich an Tuberkulose erkrankt war.

Lange Zeit musste ich in der Gesellschaft ein Versteckspiel wegen meiner Tuberkulose leben. Dass ich keinen seelischen Schaden genommen habe, verdanke ich sehr wahrscheinlich meiner persönlichen Veranlagung.

Lebensfazit.

Am Abend des Lebens ist es erlaubt, Rückschau zu halten. Oft denke ich darüber nach, ob die Menschheit fähig ist, aus der Geschichte etwas zu lernen. Immer wieder stelle ich mir die Frage: Ist der Mensch nach der Geburt von Natur aus gut oder böse? Ich überlege auch, welche Faktoren beim Menschen in seinem Verhalten eine größere Rolle spielen – die Gene also Vererbung oder Erziehung.

Wie ist der Mensch und warum gibt es so viel Unfrieden und Leid in zwischenmenschlichen Beziehungen? Ich stelle die Behauptung auf, dass der Mensch von Natur aus nicht vorbehaltlos gut ist. Neben den Erbanlagen braucht er dringend eine Erziehung. Beim Baby kann man feststellen, welche Naturtriebe der Mensch zur Welt bringt, »zunächst nur den Erhaltungstrieb, denn wenn es Hunger hat, schreit es«. Das Umfeld spielt für seine Entwicklung eine wesentliche Rolle. Zu einem späteren Zeitpunkt kommt der Fortpflanzungstrieb hinzu. Sogenannte Schlüsselerlebnisse im Leben prägen sein soziales oder egoistisches Verhalten sehr. Das Umfeld während der Pubertät bei Jugendlichen ist ein wesentlicher Faktor für die weitere Entwicklung. Das soziale Engagement muss erlernt werden. Selbstherrlichkeit, Egoismus, Macht und Willkür sind die verwerflichsten Eigenschaften eines Menschen. Da es seit dem Zweiten Weltkrieg auf unserer Erde wieder viele Kriege gegeben hat, zweifle ich an der Lernfähigkeit der Menschen. Erfahrungen kann man zwar mitteilen, aber keine Generation will diese übernehmen, sondern selber machen.

Ich habe Diktatur, Krieg, Kriegsgefangenschaft, den Unmenschen, ja die Bestie Mensch, lange schwere Krankheiten, schwierige Berufszeiten, aber auch den gütigen Menschen erlebt und glaube in einer Zusammenfassung sagen zu dürfen,

Versöhnung, Verständigung, Frieden und Freiheit in Verantwortung sollte nicht nur unter den Völkern, sondern auch zwischen den Religionen, Parteien, gesellschaftlichen Gruppen bis hin in die Familien einkehren.

Zum Schluss bin ich zuallererst zum Dank gegenüber meiner Frau und deren Familie verpflichtet, die mich aufgenommen, voll anerkannt und niemals in irgendeiner Weise an mir Anstoß genommen hat. Mein Dank gilt aber auch der Familie Zerweck, bei der nie ein Hauch von Abneigung wegen meiner Erkrankung entstanden ist. Bei Hanna und Manfred Egeler möchte ich mich bedanken für den besonderen Beistand in Notfällen und die seit Jahrzehnten bestehende Treue und Freundschaft.

Während meines Lebens erlangte der Liedvers von Dietrich Bonhoeffer eine immer größere Bedeutung für mich.

»Von guten Mächten wunderbar geborgen,
erwarten wir getrost, was kommen mag.
Gott ist bei uns am Abend und am Morgen
und ganz gewiss an jedem neuen Tag.«

Meine Zukunft lege ich nun in Gottes Hand
Juli 2005
Paul Kaißling